천상에 있는
친절한
지식의 중심지

도끼, 열쇠, 찌꺼기가 된
어느 소설가의 생각 부스러기들

이치은 지음

천상에 있는 친절한 지식의 중심지

도끼, 열쇠, 찌꺼기가 된
어느 소설가의 생각 부스러기들

Celestial Emporium of
Benevolent Knowledge

들어가는 말
쾌락, 부스러기, 그림

이 책은 나의 책 읽기에 대해 쓴 책이다. 내게 책 읽기란 무엇과도 비교하기 힘든 커다란 쾌락이다. 엄마가 좋냐, 아빠가 좋냐는 하나 마나 한 질문처럼, 나는 자주 스스로에게 '책 읽기'가 내게 더 큰 쾌락을 가져다주는지, 아니면 '책 쓰기'가 내게 더 큰 쾌락을 가져다주는지 묻는다. 답은 그때 그때 다르지만 그래도 '책 읽기'가 답일 때가 더 많다. 물론 마음에 들지 않는 책을 손에 든 바람에(하지만 나는 좀처럼 책의 마지막 페이지를 넘기지 않은 채 다음 책을 집어들지 못한다. 이때, 책 읽기는 단순한 쾌락이 아니라 라캉이 말했던 주이상스^{jouissance}의 차원으로 전이되는 듯하다) 괴로울 때도 수없이 많지만, 그래도 여전히 나를 산산이 해체할, 놀라운 기쁨을 선사해 줄 또 다른 책을 만날 희망을 잃지 않고 있다.

하지만, 책 읽기에 대해 쓰는 것은 또 다른 차원의 행위다. 책 읽기와 책 쓰기는 각각 커다란, 정의하기-비교하기 힘든 쾌락을 내게 가져다주지만(혹은 커다란 쾌락을 상상하며 그런 행위들을 개시하는 것이지만), 책 읽기에 대해 쓴다는 것은 단지 쾌락에서(혹은 쾌락을 기대하며) 시작한 일이 아니다. 약간은 실용적인 목적──잊어버리지 않기 위해, 내게 주어졌던 커다란 즐거움을 완전히 잊지 말고 가끔씩 꺼내보기 위해, 나는 책 읽기에 대해 써 왔다. 글쓰기란 것이 내겐 언제나 그렇지만, 처음에는 아주 사적私的인 형식의 글들이었다: 작은 메모들, 작은 쪽지들, 작은 낙서들. 한 권의 책이 내게 주었던 커다란 쾌락을 종합적으로-체계적으로 풀어놓을 능력이 없는 나는, 아주 자주, 책 속에 묻혀 있는 짧은 문장들을, 잠깐이나마 내게, 글을 쓴 작가의 마음의 얼개에 다다랐다는 착각을 선사하는 짧은 문장들을 찾아서 그것들을 메모의 형식으로 남겨 두었다. 그런 문장들을 나는 '부스러기'라고 이름 붙였다.

하여, 이 책은 내가 좋아하는 책들에서 주운 부스러기에 대한 책이다. 지금까지 써 왔던 소설들보다는 한결 '실용적'이라고──최소한 내게는──칭할 수 있는 책. 쾌락을, 언제나 쉬이 사그라지고 마는 쾌락을 조금 더 오래 보존하기 위한 목적으로 쓰인 글. 필사必死할 즐거움들을 보존하기 위해 행해지는 필사筆寫.

이 책에는 그림들에 대한 이야기도 자주 출몰한다. 이렇게 말하는 게 공정하겠다. 내가 그림을 찾은 팔 할 이상의 장소는 책이었다. 나머지 일 할 오 푼의 그림은 아마도 인터넷에서, 나머지 오 푼의 그림은 박물관-

미술관 정도일 것이다. 시력이 점점 떨어지는 바람에 힘들어지긴 하지만, 나는 여전히 책에서 그림을 보는 것을 선호한다. 그림책, 화집, 도록, 미술 비평서. 부스러기들처럼, 나는 그림-책 안에 묻혀 있었던, 다시 한 번, 조금은 다른 방식이긴 하지만 여전히 내게 커다란 희열을 가져다주었던 그림들 한 장 한 장을 정성스레 도려내어 여기에 펼쳐놓는다(그런데 문자가 주는 즐거움과 이미지가 주는 즐거움은 어떻게 다른 걸까?)

사적이고, 편협하고, 지극히 지엽말단적이며, 정리되어 있지 않은 이런 글을 다시 한 번 책이란 형태로 세상에 내놓으려는 알렙의 조영남 형에게 감사를 드린다.

2020년 1월

이치은

차례

2부 책 속의 그림 속의 책 속의 그림 속의……

3부 부스러기들

제1부 도끼, 열쇠, 찌꺼기

천상에 있는 친절한 지식의 중심지

20세기가 낳은 가장 혁신적인 소설가, 호르헤 루이스 보르헤스^{Jorge Luis} ^{Borges}가 1952년에 발표한 『또 다른 심문들^{Otras Inquisiciones}』에서 프란츠 쿤 박사의 중국백과사전에서 인용했다고 주장했고(그 백과사전의 제목이 바로 『천상에 있는 친절한 지식의 중심』이다. 물론 그건 보르헤스의 십팔번인 이른바 '가짜 인용'이다. 당연히 이런 책은 존재하지 않으니 아마존이나 중국 헌책방을 찾아 헤매지 말도록!), 다시 미셸 푸코가 『말과 사물^{Les Mots et les Choses}』에서 재인용했고, 마지막으로 수다쟁이 아저씨 움베르토 에코가 『궁극의 리스트^{Vertigine Della Lista}』에서 재재인용해서 더더욱 유명한 동물의 분류 방식은 다음과 같다.

    a. 황제에 예속된 동물들
    b. 박제된 동물들
    c. 훈련된 동물들

d. 돼지들

e. 인어들

f. 전설의 동물들

g. 떠돌이 개들

h. 이 분류 항목에 포함된 동물들

i. 미친 듯이 날뛰는 동물들

j. 헤아릴 수 없는 동물들

k. 낙타털로 만든 섬세한 붓으로 그려진 동물들

l. 그 밖의 동물들

m. 방금 항아리를 깨뜨린 동물들

n. 멀리서 보면 파리로 보이는 동물들

볼 때마다 웃음 짓게 하는 이 놀라운 분류 방식. 이런 놀라운 분류표를 고안해 낸(고안해 냈으면서도 짐짓 고안한 것이 아니라 타인이 쓴 글에서 빌려 왔다고 천연덕스럽게 농을 던지는) 보르헤스는 어디에 속할까?

이 책의 첫 장을 막 젖힌 당신은 어디에 속하는가? 그리고 이 책을 쓴 나는 어디에 속할까?

나는 'l. 그 밖의 동물들'에 속하고 싶다, 영원히.

역행하는 시간, Through the Looking-Glass

내가 가지고 있는 나라사랑 출판사판 『이상한 나라의 앨리스^{Alice's} ^{Adventures in Wonderland}』의 뒤표지에는 이런 말이 실려 있다.

수학자인 루이스 캐롤이 이토록 아름다운 책을 쓸 수 있었다는 것은 가히 놀라운 일이다. 나에게는 장 폴 사르트르의 『존재와 무』와 루이스 캐롤의 『앨리스』는 동격이다. 『앨리스』가 비록 짧은 동화이지만 사르트르의 그 작품에 뒤질 것이 하나도 없다. 사실 나더러 두 권 중 하나를 선택하라면 나는 기꺼이 『앨리스』를 선택하고 『존재와 무』는 아궁이 속에 던져 버릴 것이다. 누구도 꺼낼 수 없도록 아궁이 깊숙이 구겨 넣을 것이다. 나에게는 루이스 캐롤의 이 짧은 동화가 무한한 영적 가치를 지니고 있다.

―라즈니쉬, 『내가 사랑하는 책들』에서

나는 라즈니쉬도, 라즈니쉬가 쓴 책도 잘 모른다. 그래도 이렇게 자신이 좋아하는 책 중에서 딱 두 권만 고를 수 있다는 건, 그야말로 대단한 결단력의 소유자라는 걸 알아채겠다. 나라면, 사르트르와 루이스 캐롤 책들 중에서라면, 『존재와 무』대신 『구토』를, 그리고 『앨리스』라고 통쳐서 얘기하는 대신 『이상한 나라의 앨리스』의 속편 격인 『거울나라의 앨리스Through the looking-glass』를 고르겠지만 말이다.

『거울나라의 앨리스』는 참으로 매혹적인 작품이다. 그중에서도, 5장 양털과 물Wool and Water에 나오는 하얀 여왕과 앨리스의 대화는 얼마나 아름다운지! 거기서 운 좋게 주운 부스러기 하나.

왕의 시종이 있어. 지금 벌을 받아서 감옥에 갇혀 있지. 재판은 다음 주 수요일에나 열릴 거야. 당연히 범죄는 가장 나중에 저질러지지.

말 그대로 '이상한' 이 이야기에서 시간은 앞으로만이 아니라 뒤로도 흐른다. 시간은 역행하여 흐르고, 그리하여 인과관계는 부서지고, 기억과 예언은 비슷한 등급의-성질의 능력으로 치부된다. 위의 글 바로 앞 페이지에서 찾은 또 다른 부스러기 하나. 기억이 과거로만 작동한다는 앨리스의 지극히 정상적인 발언에 하얀 여왕이 내뱉은 말.

뒤로만 작용을 하다니 형편없는 기억이로구나(It's a poor sort of memory that only works backwards).

그리고 다시 한 번 보르헤스는 「브로디의 보고서El Informe de Brodie」라는 짧은 이야기에서 미래에 대한 예언을 '앞으로 작용하는 기억' 정도로 치부해 버린다.

철학적으로 기억은 미래에 대한 예견만큼이나 신기한 것이다. 내일 아침은 유태인들이 홍해를 건너는 것보다 시간적으로 훨씬 가까이에 있다. 그럼에도 불구하고 우리는 전자 대신 후자를 기억하고 있다니.

멋진 말이다. 늘 그렇듯 그답게 지적인 말이다. 하지만 『거울나라의 앨리스』와 비교하면 이 얼마나 쓸데없이 길고 멋대가리 없는 얘기인지.

카프카, 책에 대해 말하다

—도끼? 열쇠? 찌꺼기?

우선 이것부터 명확히 하자. 이 글에서 다루려는 건 '쓰는 대상'으로서의 책이 아니라, '읽는 대상', 그러니까 독서의 대상으로서의 책에 대한 프란츠 카프카Franz Kafka의 발언이다. 카프카가 책에 대해, 독서에 대해 말한 문장 중 가장 흔히 인용되는 건 아래 문장이다. 최근에《악스트Axt》라는 잡지가 창간되면서 더욱 유명해진 부스러기.

책이란 우리 내면에 존재하는 얼어붙은 바다를 깨는 도끼Axt여야 해.

이 문장은 1904년에, 그러니까 태어난 지 대략 20살 하고도 6개월이 지났을 뿐인 카프카가 친구인 오스카 폴락에게 보낸 편지에서 인용한 문장이다. 솔직하게 말하자. 나는 이 문장을 좋아하지 않는다. 이 문장이 나쁘다는 건 아니다, 하지만 이 문장이 카프카라는 딱지를 달고 유통되는 상황이 싫다. 왜냐면 나는 이 문장이 전혀 '카프카'스럽지Kafkaesk 않다고 느끼기 때문이다. 대부분의 카프카는 이렇게 과격하지 않다. 카프카는 늘 미묘하다. 여기에선 카프카 특유의 미묘한-주저하는-낮은 목소리로 고집스럽게 주장하는, 그런 냄새가 전혀 없다. 어쩌면 너무 어렸을 적의 카프카여서 그런 건지도.

해서, 나는 또 다른 문장을 추천한다. 역시, 친구에게 쓴 편지에서 주운, 내 생각엔 '진짜로' 카프카다운 부스러기.

> 많은 책들은 자신의 성 안에 있는 어떤 낯선 방들에 들어가는 열쇠 같은 역할을 하네.

이게 바로 카프카의 문장이다, 이게 내가 생각하는 진정 카프카다운 문장이다. 하긴, 내 마음속엔 얼마나 낯선 방들이 많은지.

카프카의 편지에는 놀랍게도 책에 대한, 독서에 대한 이야기가 드물다. 하나 더 인용해 본다. 하지만, 이 글은 아쉽게도 카프카가 직접 남긴 말이 아니라, 구스타프 야누흐란 사람이 카프카와의 대화를 기록한 말이다. 많은 사람들이 그 진위에 대한 커다란 물음표를 던지고 있긴 하지만.

> 그를 다시 만났을 때 나는 그동안 '닥치는 대로' 읽었던 책들을 열거했다. 카프카는 미소를 지으며 이렇게 말했다. "인생에서는 비교적 쉽게 그렇게 많은 책을 끄집어 낼 수 있지만, 책에서는 거의, 정말 거의 인생을 끄집어 낼 수 없어요."

그러곤 이렇게 덧붙였다고 구스타프 야누흐는 주장한다.

글은 체험의 찌꺼기에 지나지 않아요.

나쁜 버릇인 걸 알지만 멈추기 힘들다. 여기까지만 하고 끝내자. 보르
헤스는「노란 장미」에서 완전히 다른 얘기를 한다.

책들은 세계의 거울이 아니라 세계에 새로 덧붙여진 어떤 무엇이라
는 것.

당신에게 읽을 대상으로서의 책은 무엇인가? 언 바다를 깨뜨리는 도
끼인가? 자신의 마음 속 한번도 가지 못한 방을 여는 열쇠인가? 체험의
찌꺼기일 뿐인가? 아니면 우리의 체험과는 아무 상관 없이 그저 세계에
덧붙여진 부록 같은 건가?

"많은 책들은 자신의 성 안에 있는 어떤 낯선 방들에 들어가는 열쇠 같은 역할을 하네."
—프란츠 카프카

러시아 인형, 첫 번째 이야기
―나라 속의 나라, 이야기 속의 이야기

나라 속에 나라가 있을 순 있겠지만, 나라 속에 나라 속에 나라 속에 또 나라가 있다니. 이 러시아 인형(들) 같은 이야기를, 엘러스테어 보네트라는 작가가 지은 『장소의 재발견』이라는, Off the map이라는 그럴싸한 영문 제목에 마치 감자라도 먹이겠다는 듯 촌스러운 제목을 붙인 책에서 보았다.

인도와 방글라데시의 국경에 있는 치트마할이라는 지역에는, 다할라 카그라바리라는 삼중고립영토가(혹은 네 겹의 나라가) 있다고. 즉 방글라데시 안에 인도가 있고, 인도 안에 다시 방글라데시가 있고 또 그 안에 다시 인도가 있다고. 자신의 마을을 벗어나려면 비자를 받아야 하는데 그 비자를 받으려면 우선 고립영토를 벗어나야 한다는 웃지 못할 모순. 인간의 어리석음-잔인함-욕심이 만든 네 겹의 러시아 인형, 나라로, 좀 더 냉정히 말하면 국명이라는 의미 없는(혹은 종교라는 앙상한) 껍질로 만들어진.

또 하나의 네 겹의 러시아 인형을 최근에 읽은 천일야화에서 보았다. 그 유명한 시작. 두 명의 왕이자 형제인 샤리아와 샤즈난이 겪은-목격한 왕비들의 외도. 그리하여, 마구 비뚤어진 술탄 샤리아가 매일 밤 새로운 양갓집 규수와 첫날밤을 치르고 아침마다 처형을 반복하는데……. 실은 세에라자드가 술탄인 샤리아에게 이야기를 시작하는 바로 그 대목까지가 이 이야기의 가장 빛나는 부분이 아닐까 하는 걱정을 했었다. 마치 사드 후작의 『소돔의 120일』처럼, 그 설정의 정교함-매혹적인 구조만이 이야기의 초반에서 빛나고 나머지는 혜성의 꼬리처럼 훅 하고 꺼질지 모른다는 걱정. 하지만 기우였다. 수많은 이야기들이 빚어내는 이 복잡한 미로!

밤새 이야기를 한 게 아니라 동트기 한 시간 전, 세에라자드의 동생 디나르자드가 왕과 왕비를 깨운 뒤 딱 한 시간만 이야기한 것이라구. 하긴 1001일 밤을 꼬박 새며 한 이야기라기엔 6권짜리 앙투앙 갈랑 번역본(열린책들)의 전체 두께가 너무 얄팍해 보였다. 섹스(생략되는)-잠-이야기-일시적인 사면-일상의 시작 혹은 이야기의 휴지, 라는 이 완벽하고도 아름다운 사이클. 이 이야기 속에 절대로 드러나지 않는 부분은, 각각 남자의 치세-다스림과 여자의 휴식(이야기의 배태를 위한)이다. 혹은 낮의 세상이다.

각설하고, 여기서의 러시아 인형은 이야기로 혹은 화자로 조립된다. 이야기 속의(천일야화라는), 이야기 속의(세에라자드의 이야기), 이야기 속의(정령에게 들려주는 어부의 이야기, 혹은 탁발승의 이야기 혹은 조베이아드의 이야기) 이야기(나병이 나은 왕이 재상에게 들려주는, 숙부 왕이 애꾸눈 탁발승에게 들려주는 혹은 모든 것이 석화된 마을의 궁중 청년이 조베이아드에게 들려주는). 이야기 안의 이야기 안의 이야기 안의 이야기. 네 가지 이야기들의 층들. 네 개의 속 빈 마트료시카 인형.

　나 역시 기꺼이 이 아름답고도 복잡한 이야기 속, 어딘가 한 층의 화자가 되고 싶다. 화자가 되어, 삽화 한쪽 구석에 왼쪽 발 끄트머리라도 드밀 수 있다면 얼마나 좋을까!

러시아 인형, 두 번째 이야기
—핑크 플로이드를 만나 삼천포로 빠지다, the guitar's all done.

말이 필요 없겠다. 내가 가장 좋아하는 영국 밴드 핑크 플로이드^{Pink Floyd}의 네 번째 앨범 『움마굼마^{Ummagumma}』(1969)의 커버 사진을 보라. 사진 속의 사진들. 반복되는 사진들.

반복되면서 조금씩 변주되는 사진들. 그들의 아방가르드한 음악처럼 천천히 응시하면 점점 더 빨려들 것 같은 이상한 사진.

1967년 당시 세계에서 가장 핫한 밴드 비틀즈가 최첨단의 사운드를 담은 『Sgt. Pepper's Lonely Hearts Club Band』를 애비로드 스튜디오에서 녹음할 때, 마침 그 옆 방에서 녹음했다는 밴드의 첫 번째 앨범, 『The Piper at the Gates of Dawn』을 혼자 북치고 장구 치고 다하며 만든 마약에 빠진 미남 천재(나는 여태까지 미남이거나 미녀인 천재는 존재할 수 없다는 편견을 가지고 있었는데, 이 남자가 그 편견을 바수어 놓았다. 왜 이렇게 잘생긴 사람이 이런 전위적인 음악을 만든 건지, 도저히 이해하기 힘들다. 내가 저렇게 잘생겼다면 글 같은 건 쓰고 있지 않을 텐데) 시드 바렛^{Syd Barrett}이 빠지고(당

사진 속의 사진들, 반복되는 사진들. 『움마굼마』(1969)

연, 마약 때문에 밴드활동은 물론 일반생활까지 거의 불가능해져서) 나머지 멤버들, 데이비드 길모어, 로저 워터스, 닉 메이슨, 릭 라이트, 이 네 명의 멤버가 번갈아 다른 포즈를 취하면서 만드는 그림 속의 그림. 그림으로 만든 러시아 인형.

삼천포로 빠지는 건 내 장기. 밴드의 전기인 『Wish You Were Here』는 밴드 멤버들이 시드를 그리면서 만든 동명의 앨범 제목을 그대로 땄다. 전기를 보면 밴드가 「Wish You Were Here」를 녹음하고 있을 때(공교롭게도 다시 한 번) 밴드에서 탈퇴한 지 오래된 시드가 갑자기 나타나 밴드를 놀래켰다고. 그리고 이어지는 전설 같은 대화.

"라이트, 언제 기타를 칠까?"

Right, when do I put on my guitar?

"미안, 시드, 기타는 끝났어."

Sorry, Syd, the guitar's all done.

Sorry, Syd, the guitar's all done.

20세기 최고의 프로그레시브 밴드progressive band를 탄생시킨 천재 기타리스트이자 마약에 쩐 미남 천재에게 멤버들이 돌려주었어야 했던 마지막 대사.

당신의 기타는 아직 끝나지 않았는가? 그럼 열심히 뜯어라. 누가 보든 말든 상관 말고 니 식대로 열심히 뜯어라.

SF에 대한 나의 편견을 둘러싼 피고 측 증인과 검찰 측 증인

나에겐 단죄받아 마땅한 수많은 편견들이 있다. 그중 하나는 SF에 관한 것이다. 간단히 말해 이런 것이다. 훌륭한 SF란 흔치 않다, 그중에서도 특히 진정한 즐거움을 줄 수 있는 '장편' SF는 참으로 드물다. 질기게도 내게 오래 어부바해 있는 편견.

우선 내 편을 들어줄 증인을 출석시켜 보자. 여자고, 게다가 지식인으로. 수전 손택Susan Sontag은 포르노그래피적 상상력이라는 짧은 글(나는 이 글을 조르주 바타유의 『눈 이야기』 뒤에 첨부되어 있는 일종의 부록에서 읽었다)에서 SF를 포르노그래피 밑으로 까는 대담함을 선보인다.

포르노그래피에서 쓰레기 대 진정한 문학의 비율은 대중의 취향을 위해 생산된 하위 문학 전체 대 순문학의 비율보다는 조금 낮을 수도 있다. 그러나 그것은 예를 들어, SF처럼 일급 서적이 다소 적은 하위 장르의 그것보다 낮지 않을 수도 있다.

와우, 이건 좀 심한 듯. 만국의 SF 팬덤이여 일어나라!

자 또 다른 피고 측 증인들. 이번 증인은 두 커플이다. 각각 같은 작가가 쓴 단편집과 장편. 솔직히 말해, 나는 『전도서에 바치는 장미』를 쓴 로저 젤라즈니Roger Zelazny와 『내 이름은 콘래드』를 쓴 로저 젤라즈니가 같은 사람이라는 걸 믿기 힘들다. 마찬가지로 『마이너리티 리포트』를 쓴 필립 딕Philip Dick과 『높은 성의 사내』를 쓴 필립 딕의 경우도 마찬가지. 전자의 놀라운 디테일과(실은 나는 SF의 존재 이유Raison d'être는 바로 이 디테일이라 생각한다) 후자의 엉성함 사이에는 헤겔식으로 말하자면 무엇으로도 메우기 힘든 '넓은 호※'가 존재한다.

정직해지자. 나는 신뢰할 만한 검찰 측의 증인들도 몇 알고 있다. 이를테면 더글러스 애덤즈Douglas Adams가 쓴, 아주 제대로 긴 SF, 『은하수를 여행하는 히치하이커를 위한 안내서The Hitchhiker's Guide to the Galaxy』 같은 글. 이 이야기 안엔 얼마나 터무니없는 디테일들이 가득한지! 이를테면 귀에 집어넣으면 즉시 외국의 언어를 알아들을 수 있는 물고기, 바벨 피시. 시간여행을 하는 인간들을 위한 다양한 시제를 정리해 놓은 문법 논문 「Time Traveler's handbook of 101 tense formation」. 그렇다, 타임머신을 타고 이리저리 다양한 방향과 속도로 시간을 왔다 갔다 하는 사람에겐 얼마나 많은 시제가 필요하겠는가!

거기서 주운 두 개의 부스러기를 수전 손택에게 집어 던지며 내 편견에 대한 기나긴 공판을 마무리하자!

『안내서』가 결정판입니다, 현실이 종종 부정확합니다(The Guide is definitive. Reality is frequently inaccurate).

『……안내서』의 본부인 메가도도 출판사에서 종종 클레임을 거는 진상 고객을 위해 만들어 놓은 공고에서. 그렇다, 현실은, 당신이 살고-경험하고 있는 그곳은, 이제 부정확하다.

너의 다이오드에서 깊은 낙담의 기운이 느껴져(I sense a deep dejectedness in your diodes).

이 소설에서 내가 단 하나 '인간'스러운 존재라고 느꼈던 시니컬한 로봇 마빈과 포켓 스프링이 달려 있는 생명체란 수식구를 달고 있는 매트리스 사이의 대화에서. 이 얼마나 다이오드를, 아니 심금心琴을 울리는 말인지. 언젠가 로봇에 대한 소설을 쓴다면 꼭 제사題詞로 삼고 싶은 말이다.

시간에 대한 SF 작가들의 상상력

   지난번 글에서 나는 SF에 대한 검찰 측 증인을, 혹은 SF에 대한 나의 편견을 뒷받침해줄 피고 측 증인을 다수 소환했었다. 이번엔 SF 작가들이 시간을 다루는 매혹적인 방식에 대해 이야기해 보자. H. G. 웰즈가 명성황후가 시해된 1895년에 발표한 『타임머신 The Time Machine』에서 시간여행이라는, 혁신적인 상상력을 멋들어지게 소개한 후, 시간은 더디게 앞으로만 흐르는 무엇이라는 생각을 아주 고리타분한 개념으로 바꾸어버린 게 바로 이 SF의 대치할 수 없는 공헌이 아니겠는가!

   이 『타임머신』에서 웰즈는 영화 「백 투 더 퓨처 Back To The Future」(1985)처럼 앞으로 또 뒤로 몇 십 년만 찔끔찔끔 이동하는 게 아니라 통 크게 시간을 점프한다. 그리하여 이 책의 마지막은 정말 안드로메다로 가버린다. 그가 무모하게 그린, 3천만 년 뒤의 황량한 풍경을 보라.

   지금으로부터 3천만 년이 지나자. 마침내 시뻘겋게 달아오른 거대한 태양이 어스레한 하늘을 10분의 1쯤 가리게 되었습니다. (……) 바다에는 성엣장이 떠다니고 있었지요. 하지만 영원한 황혼 아래에서 온통 핏빛을 띤 그 짠물 바다의 대부분은 아직 얼지 않았더군요.

다음으로 참으로 흔치 않은 국산 SF 작가, 한눈팔지 않고 이 불모의 땅에서 SF를 써 재끼는 듀나의(박수를! 박수를!! 박수를!!!) 단편 「얼어붙은 삶」에서 주운 시간의 역전과 관련된 멋진 부스러기 하나.

그녀는 극장 벽에 붙은 홍보포스터를 눈여겨본 뒤 이틀 전으로 돌아가 그 포스터를 반쯤 찢어놓았다. 다시 현대로 돌아온 그녀는 포스터를 확인해 보았다. 멀쩡했다. 하지만 자세히 관찰해 보니 그 포스터는 반쯤 찢어진 포스터 위에 새로 붙인 것이었다. 그렇다면 이 포스터는 이전부터 찢어져 있었던 것일까?

하아, 이런 베끼고 싶은 앙큼한 상상력이라니.

마지막으로 필립 딕의 「고소공포증에 걸린 사나이」라는 단편 하나를 소개한다. 여기엔 스포일러가 있으니, 읽고 싶지 않은 분들은 알아서 넘어가시길. 이 소설의 배경은 2030년 이후 어느 날. 주인공 폴 샵은 예지자들을 다수 배출한 페타루마 출신으로 전쟁 피해 지역 재건사업국에 종사하는 경제학자이다. 그의 문제는 극단적인 고소공포증을 가지고 있다는 것. 그는 심지어 아주 얕은 계단을 오르는 것도 극도로 두려워해서

1층에 개업한 정신분석 전문의 험프리즈를 찾는다. 상담 과정 중에 그들은 과거에 일어났을 것으로 추측되는 고소공포증-트라우마의 근원이 된 원장면^{Primary scene}을 함께 찾아보려 한다. 하지만 주인공의 고소공포증엔 차도가 없고, 이야기의 마지막 즈음에 그가 계단에 떨어져 죽게 될 것이라는 사실이 암시된다. 해서, 그의 고소공포증은 '정확히 기억하지 못하는 과거의 고통스러운 경험'에서 연유한 것이 아니라, '정확히 예지하지 못한 미래의 고통스러운 경험-죽음'에서 연유한 것이 된다. 그 사실을 알아챈 정신분석가와 초인^{超人} 기관 의학팀 담당자와의 대화.

"그 환자는 몇 달만 지나면 비참한 최후를 맞이하게 될 거예요. 어린 시절부터 그 죽음에 대한 공포를 미리 감지했던 모양입니다. 이제 예고된 날이 점점 더 가까워오자, 더욱더 민감하게 반응하는 거구요."

"그 환자는 앞으로 그런 일이 있을 거라는 사실을 짐작하지 못합니까?"

"엄밀히 말해 잠재의식 속에서 그런 징후를 느낀다고 볼 수 있죠."

"그러한 상황이라면 오히려 그게 다행일지도 모릅니다. 예고된 미래는 바뀌지 않을 것 같군요."

당신이 가진 이상성벽-트라우마의 원인을 도저히 못 찾겠다면 과거만 쳐다보지 말고, 가끔은 미래를 보라. 거기에 당신이 정확히 예견-기억해 내지 못한 미래가 숨겨져 있을지도.

지극히 사적인, 추리소설들을 위한 명예의 전당

—숨어 있는 걸작들

SF에 대해서 몇 차례 이야기할 기회가 있었지만, 실은 나는 추리소설의 광팬이다. 중학교 1학년 때 처음으로 진지하게 내가 꿈꾸었던 '장래희망'이 추리소설 작가였으니. 나의 서재-Hortus Conclusus(닫힌 정원)에는 아직 많은 추리소설이 꽂혀 있는데, 그중에서도 한 칸은 제목에 단 것처럼 이를테면 내게 '명예의 전당'이다. 내가 가장 좋아하는 추리소설들만 꽂힐 수 있는 특별한 장소. 규칙은 단순하다. 새로운 놈 하나가 들어오면 원래 있던 놈 하나가 나가야 한다.

이 칸을 볼 때마다 내가 처음 이 소설들을 읽고 나서 느꼈던 감동이, 읽을 때의 전율이, 첫 페이지를 넘길 때의 흥분이, 그리고 그것들을 입수하기 위해 애태웠던 날들이 다시 기억난다. 이를테면 레이먼드 챈들러의 『높은 창The High Window』은 2000년쯤에 아마존 헌책방에서 구입했던 책이다. 그 당시만 해도 북하우스에서 전집을 발간하기 전이었는데, 과연 이역만리 이 먼 땅까지 2.25불짜리 헌책이 도달할지 얼마나 전전긍긍했었던지.

대부분 매우 잘 알려진 책들이라 별 설명이 필요없겠지만 명예의 전당 회원들 중 잘 알려지지 않은 책 몇 권을 소개한다.

먼저 프랑스 추리소설 작가 세바스티앙 자프리조^{Sébastien Japrisot}의『긴 일요일의 약혼식^{Un long dimanche de fiançailles}』. 이 작품을 어떻게 규정지을 수 있을까? 대하전쟁추리소설? 전쟁을 배경으로 한 이 추리소설엔 추리소설답지 않게 정말로 많은 등장인물이 나온다. 소설은 이름 대신 번호만으로 불리는 5명의 병사의 호송 과정에 대한 묘사로 시작된다. 그리고 전쟁통에 실종된(혹은 죽은 것으로 믿어지는) 자신의 연인을 찾아 떠나는 여주인공 마틸드의 기나긴 여정. 그리고 잊지 않고 등장하는 추리소설적인 요소. 끝으로 잊을 수 없는 결말. 거의 결말께에 나오는 문장.

삶이란 질긴 것이고 어떠한 것이라도 견디어 낼 수 있는 것이다.

이 평범하기 그지없는 신파조의 문장을 마술적인 무엇으로 바꾸어 버리는 작가의 솜씨. 이 작가의 작품은 꽤나 많이 번역되어 있다. 내 서재에만 해도 5권이 꽂혀 있으니. 또 하나 언급할 만한 작품은『신데렐라의 함정^{Piège pour Cendrillon}』. 일인다역을 거뜬히 해내는 멋진 여주인공이 나오는 이 소설의 목차는 프랑스어의 다양한 시제를 모르는 내게도 참으로 아름다워 보인다.

J'aurai assassiné(나는 죽이겠어요)

J'assassinai(나는 죽였어요)

J'aurais assassiné(나는 죽이고 싶었어요)

J'assassinerai(나는 죽였지요)

J'ai assassiné(나는 죽인 거예요)

J'assassine(나는 죽여요)

J'avais assassiné(나는 죽여버렸지요)

두 번째로는 로이 비커즈^{Roy Vickers}의 『미궁과 사건부^{The Department of Dead Ends}』. 도서倒敍 추리소설(거꾸로 써내려가는 추리소설이란 뜻, inverted detective story)이라고 이름 붙여진 장르의 가장 기념비적인 단편집(최소한 내겐). '거꾸로 읽는'이란 말은 추리소설의 가장 기본적인 전형—처음에 시체가 나오고 맨 마지막에 범인이 나오는—과 달리, 범인이 먼저 나오고, 그가 범행을 저지르고, 그 다음에 경찰-형사가 나오는 역순의 추리소설이라는 말. 보통 이런 형식의 추리소설들은 이상심리에 빠진 1인칭 혹은 3인칭 주인공의 내면 풍경이 끌고 가는 경우가 많은데 이 소설은 기름기가 싹 빠져 있다. 주저리주저리 심리묘사 없이도, 어이없는 범행이 벌어지고 어이없이 범인들은 검거된다. 서문을 장식하는 앨러리 퀸의 마지막 문장을 보라!(이건 한번도 XX 안 해본 뇌 삽니다, 라는 유행어가 나오기 한참 전, 그러니까 1946년에 발간된 작품이다!) 나는 이 작가의 말이, 으레 붙이는 공치사-주례비평이 아니란 걸 안다.

만일 여러분이 『미궁과 사건부』를 아직 한 편도 읽지 않았다면, 나는 처음으로 이 작품을 읽는 여러분을 오히려 부럽게 생각할 것이다.

그리고 마지막 책, 토니 켄드릭^{Tony Kendrick}의 『스카이잭^{a Tough one to lose}』. 비행기를 납치한다는 어마무시한 스케일의 이 추리소설은 무엇보다도 그 구성이 너무 마음에 든다. 커다란 범죄를 위해 톱니바퀴처럼 일하는, 그가 맡은 역할만 알 뿐 전체 그림은 전혀 알지 못하는, 이름도 제대로 없는 인물들과(목차에 나오는 '공항포터', '물주', '파일럿', '폭탄사나이' 등이 바로 그런 인물들이다) 교차되어 등장하는 탐정역의 배꼽 잡는 한 쌍―변호사 베레커와 전 부인이자 비서인 애니.

그리고 진짜 마지막으로 오르한 파묵^{Orhan Pamuk}의 가장 아름다운 작품 『검은 책^{Kara Kitap}』에서 주운 추리소설에 대한 부스러기를 마지막으로 이긴 이야기를 마친다.

작가도 살인자가 누구인지 알지 못하는 추리소설이 있다면!

취향에 관하여

—정반대의 접근 『존 레논 대 화성인』과 『Ecce Homo』로부터

읽어보진 못했지만 몇 년 전에 『취향입니다, 존중해주시죠』라는 한국소설이 나올 만큼, 21세기 한국에서 '취향'이란 단어는 함부로 건드릴 수 없는 대문자의 자리를 차지한 것 같다. 어쩌면 동성애가 그리고 요즘은 페미니즘이 차지한 '어설프게 건드리지 말아야 할' 그 무엇.

하긴 취향에 대해 '왜' 좋아하냐고 묻는 것은 어리석은 일이다. 대답할 수 없는 일을 물어보는 것은 시간 낭비. 취향에 대해 물어보면 세 가지 답변이 나올 수 있다. '그냥'이란 답변, 솔직한, '모르겠다'란 말의 현대어. 혹은 장황한 답변, 그저 자신이 그 답을 모른다는 것을 가리기 위한 아무 말 대잔치. 세 번째로 존재에 가 닿는 정직하고도 정확한 답변, 매우 매우 드문.

우선 내가 가장 좋아하는 일본의 아방가르드 소설가 다카하시 겐이치로^{高橋源一郎}의 소설 『존 레논 대 화성인^{ジョン・レノン對火星人}』에서 주운 부스러기부터.

"그러는 게 사상 탓인가?"……"취향일 뿐이에요."……"취향에 맞지 않는 것은 하고 싶지 않습니다."

도쿄구치소에 갇힌 멋진 여주인공 테이텀 오닐에게 간수장이 왜 그렇게 불복종을 고집하며 징벌방에 갇히길 반복하냐고 묻자 돌아온 대답. 그런 상황이 아니라면 뭐 별로 특별하지 않았을 부스러기. 학생운동을 하다 반년 동안 감옥에서 고초를 당하고 그 후유증에 실어증까지 앓았던 작가가 쓴 글이 아니라면 뭐 별로 특별하지 않았을 부스러기.

이 책을 읽고 썼던 내 책일기의 일부를 옮겨본다.

나는 키치를 좋아하지 않는다. 나는 나쁜 키치를 많이 보아왔으며 좋은 키치가 어떤 것인지 잘 모르겠다. 하지만 보르헤스를 읽고 에드워드 호퍼의 그림을 보고 나서 다카하시 겐이치로를 읽는 느낌은 동파육을 먹고 매운 말린 명태를 먹은 후 그레이프프루츠 사와를 마시는 느낌이랄까. (……)『사요나라 갱들이여』보다는 훨 나은 작품이고, 그리고 작가 자신이 뻔뻔스럽게 말했던 것처럼 매우 뛰어난 소설이다.『우아하고 감상적인 일본야구優雅で感傷的な日本野球』까지는 아니더라도, 아니 그것과 매우 다른 방향으로, 매우 훌륭한 작품. 버리고 싶지 않은 키치.

마지막으로 세상의 대부분이 자신의 맘에 들지 않았던 니체가 쓴, 참으로 뻔뻔스러운 제목의 작품『이 사람을 보라Ecce Homo』에서(이 책의 뻔뻔스러운 제목에 대해선 나중에 한번 더 설명할 기회가 있을 터).

> 많은 것을 보지 않고, 많은 것을 듣지 않으며, 많은 것의 접근을 허락
> 하지 않는 것 (……) 이러한 자기 본능을 흔히 '취향'이라고 부른다.

이 또한 고개를 끄덕이게 한다. 취향이란 '존재'에 (당위가 아니라) 닿아 있는 어떤 것. 그건 DNA에 적혀 있거나 아니면 기억하기 힘든 아주 어렸을 적부터 형성된 어떤 것. 다시 한 번 황급히 내리는 결론: 누가 당신에게 당신의 취향에 대해 '왜'냐고 물어보면, 그리고 당신이 그 질문을 하는 사람과 지속적으로 괜찮은 관계를 유지하고 싶다면, '그냥'이라고 대답하는 대신, '모른다'라고 대답하자. 아니면 최소한 아무 말이나 하기 전에 조금 더 스스로에게 '왜' 그런 건지 물어는 보고 대답하자.

신윤복의 전모를 쓴 여인, 前人未發可謂奇

— 선구는 창조하는 것이다?

조선 후기 풍속화의 대가 혜원惠園 신윤복申潤福의 「전모氈帽를 쓴 여인」 이라는 그림은 18세기말에 그려졌다고 전해진다. 그 시대 조선에서 천한 신분의 여인을 그렸다는 사실도, 아주 단순한 선으로 표시된 여인의 아름다운 얼굴도, 벨라스케스의 몇몇 수작을 연상시키는 적막한 배경도 눈길을 잡아끌지만 나를 정작 경악하게 만든 건 그림 오른쪽의 문장이다.

前人未發可謂奇.

해석하면 이렇단다. "옛사람으로부터 나오지 않았으니 가히 기이하다." 와우! 이런 뻔뻔스러움이라니, 이런 자신감이라니. 자신 앞엔 아무도 없었다는, 자신은 완전히 새로운 것을 창조했다는 주장을 술자리 지인들에게 넌지시 흘린 게 아니라 자신의 그림에 떡하니 박아넣을 수 있는 자신감은 어디서 온 걸까! 멋지다, 혜원 아저씨!

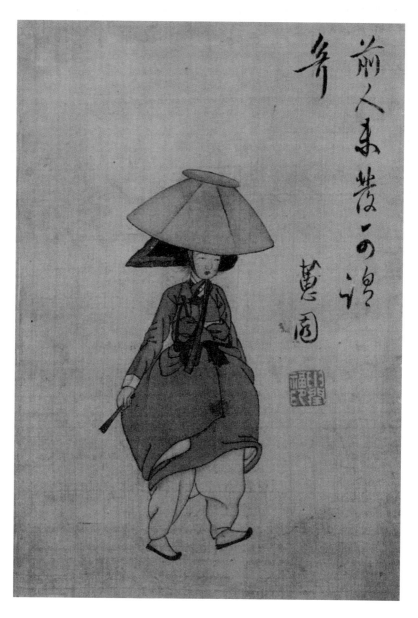

"옛사람으로부터 나오지 않았으니 가히 기이하다."
―신윤복, 「전모를 쓴 여인」(18세기)

보르헤스로 돌아가 보자. 그는 『또 다른 심문Otras Inquisiciones』이란 책에서 다음과 같이 말했다.

실제로 모든 작가들은 그들의 선구자를 '창조'했다.

물론, 보르헤스는 자신이 자신의 선구를 창조했다고 주장하진 않았다. 대신, 카프카의 선구에 대해 몇 개의 예를 든다. 카프카가 없었다면 그렇게 한 범주로 묶여 조명받지 못하고 쉬이 잊혀져 버렸을(혹은 잊혀져 버렸는데 단지 그가 조명한 것뿐일), 소위 선구라는, 나중에 창조된 존재들-책들. 하긴 그렇다, 예수가 오지 않았다면 세례자 요한이 무슨 의미가 있겠는가? 헛소리만 하던 미친 동네 청년으로만 기억에 남았을지도 모르는 일 아니겠는가!

당연히 보르헤스에게도, 그가 '창조'한 선구들이 있었다. 예를 들면 조반니 파피니Giovanni Papini의 「연못 안의 두 이미지」를 소개하면서 보르헤스는 그의 「1983년 8월 25일」과 「타자」의 메인 테마가 (이를테면 71세의 보르헤스와 84세의 보르헤스가 한 자리서 만나서 얼토당토않은 대화를 이어가는) 파피니의 책과 닮았다는 걸 고백한 뒤, 그가 분명 그 책을 어렸을 적 읽었지만 자신이 그 글들을 쓸 때는 정확히 기억하지 못했다는 둥 변명 아닌 변명을 늘어놓는다. 어쨌건 자신은 지극히 드문 '모든 작가들' 중 하나인 거고, 조반니 파피니는 '선구자'에 불과한 존재인 거다.

이 둘의 자신감은 얼마나 멋진가! 무작정 시대의 조류에 휩쓸리거나,

유행을 선도하는 동시대나 전시대의 거장을 따라한 게 아니라 스스로 새로움을 만들었다는 자신감. 어쩌면 어느 시대나 예술가에게 필요한 게 바로 이런 자세가 아닐까?

마지막으로 작가 앙드레 쉬아르가 화가 조르주 루오^{Georges Henri Rouault}에게 보낸 편지에서 주운 부스러기를 덧붙인다.

> "나는 예술가에게 조언하기를 아주 싫어한다. 예술에는 조언이 있을 수 없다. 범례가 있을 따름이다. 남의 수단을 사용하여 자신을 구하기보다는 자기 자신의 수단에 의해 파멸하는 편이 낫다."

남의 수단이든 나의 수단이든 가릴 것 없이 무조건 '뜨고' 보자, '뜨고' 나면 모든 건 용서된다는 이 야만의 시대에, 참으로 어울리지 않는, 구닥다리 언사.

나는 이 말에 100% 찬동하는 바이지만, 그래도 루오에겐 잔인한 말이라는 생각이 든다. 평생 고독에 빠져 살면서 55세에 '나는 사막의 사자처럼 고독합니다.' 라는 말을 자신의 편지에 썼던 남자에게, 77살에 「인간에게 인간은 이리다^{Homo Homini Lupus}」라는 참으로 노골적인 제목-내용의 그림을 그렸던 남자에겐 말이다.

네 가지 코기토

—데카르트, 니체, 라캉, 오르한 파묵

우선 코기토^{Cogito}의 원조 데카르트^{René Descartes}로부터.

나는 생각한다, 고로 존재한다(Cogito, ergo sum).

라틴어 세 글자, 생각한다, 그러므로, 존재한다. 이 얼마나 단순한 세
상인가! 신으로부터 떨어져 나와(혹은 기나긴 중세를 빠져나와) 스스로의
발로 처음 서는(아직 신을 부정하는 단계는 아니지만) 인간에게 주어진 유
일한 무기, 유일한 자기증명법. 결국에는 신에 대한 부정으로 서서히 이
어지는 아득한 바벨탑의 시초. 하지만 여기까지만 해도 세상은 얼마나
단순했던가!

두 번째 코기토는 니체의 『도덕의 계보^{Genealogie der Moral}』에서.

인식은 존재하지 않는다. 고로 신은 존재한다.

물론 이 언사는 그가 불구대천의 원수로 삼았던 '금욕주의적 이상'을 비꼬는 데 사용한 거지만, 실은 그가 자신의 주장을 관철하기 위해 사용했다 해도 별로 놀랍지 않을 듯. 그가 부정하고 싶었던 건 신이 아니라, 어리석은 인간들이었다. 한없이 어리석으면서도 '이성'이란 걸, '인식'이란 걸 항상 갖고 있는 척하는 비천하고, 열등한 인간. 그리고 결정적으로 니체 자신의 우월성을 전혀 인정하지 않는. 사실 '신'이란 그에게 있어서 부정의 대상이 아니라 '극복'이나 달성해야 할 '최종 단계'였다. 『차라투스트라는 이렇게 말했다』에서 니체는 말한다.

> 인간에게서 위대한 점은 그가 하나의 목적이 아니라 다리라는 데 있다(Was gross ist am Menschen, das ist, dass er eine Bruecke und kein Zweck ist).

세 번째 코기토는 라캉의 세미나 『무의식에 있어 문자가 갖는 권위 또는 프로이트 이후의 이성』에서.

> 나는 내가 아닌 곳에서 생각한다, 그러므로 나는 내가 생각할 수 없는 곳에서만 존재한다(I think where I am not, therefore I am where I do not think).

인간이 생각하는 주체-이성으로 만들어진 존재라는 데카르트의 신화는 프로이트의 무의식에 의해 산산이 부서졌고, 이제 라캉은 코기토를 그답게 뒤틀며 말한다. 그리하여 이 코기토는 자연스레 그의 스승 프로이트를 떠올리게 한다. 프로이트는 자신의 분석학 강의의 열여덟 번째 강의『외상에 대한 고착, 무의식』에서 인류는 지금까지 두 번의 커다란 모욕(첫 번째 모욕은 코페르니쿠스로부터—지구가 우주의 중심이 아니라는, 두 번째 모욕은 다윈으로부터—인간이 창조에 의한 특권을 누린 유별난 존재가 아니라는)을 받았으며, 이제 마지막 모욕—자아/주체가 존재의 주인이 아니라는—을 받고 있는 중이라고 했다.

마지막으로 문학에서의 코기토, 일반적인 인간-존재에 대한 탐구로서의 코기토가 아니라, 글쓰는 존재에 대한 탐구로서의 코기토. 터키 작가 오르한 파묵의『검은 책』에서 주운 마지막 코기토.

나는 다른 사람이다. 고로 존재한다.

일맥상통하는 글은 참으로 많지만, 바르트의『롤랑 바르트가 쓴 롤랑 바르트Roland Barthes par Roland Barthes』에서 주운 부스러기를 하나 더 던지며 이 글을 마무리 짓자.

자기 자신을 타인이라 생각하지 않고 글쓰기를 시작할 수 있을까?

글을 쓰는 다양한 이유들

나는 왜 아무도 부탁하지 않았는데 글을 쓰는 걸까? 나만이 대답할 수 있는 질문을 타인에게 던지는 건 나의 오래된 못난 버릇이다. 혹은 스스로 대답하기 힘드니까, 남들이 어떻게 대답하는지 기웃기웃대는 건지도. 내가 읽은 몇 안 되는 흑인문학의 걸작 랠프 앨리슨^{Ralph Ellison}의 『보이지 않는 인간^{Invisible Man}』에는 다음과 같은 구절이 나온다.

> 나는 순진했다…… 나 자신을 제외한 모든 사람에게 오직 나만이 대답할 수 있는 질문을 해왔다.

차라리 타인들의, 거장들의 대답을 훔쳐보도록 하자. 그중 별난 것으로. 전혀 이치에 맞지 않아 보이는 것들로. 타인들의 어리석음이, 타인들의 불합리함이 나를 구원할지도 모른다는 비이성적인 희망을 품고.

우선 발터 벤야민^{Walter Benjamin}의 『나의 서재를 정리하며—책 수집에 관한 이야기』에서.

> 작가란 가난하기 때문이 아니라 책을 살 수는 있지만 그 책이 마음
> 에 들지 않기 때문에 자신이 직접 책을 쓰는 그런 사람들입니다.

다른 이가 쓴 책이 맘에 안 들어 이 정도는 나라면 발로도 쓸 수 있겠
다, 그런 마음을 갖고 책을 쓰는 건 어리석은 일이라 스스로에게도 몇
차례 다짐했지만, 실제 그런 마음이 글쓰기를 부추긴 적도 있다는 걸 고
백해야겠다.

다음은 극단적인 경험주의로 악명 높은 18세기 아일랜드 철학자 조
지 버클리^{George Berkeley}의 기다란 제목의 책『하일라스와 필로누스가 나눈
세 편의 대화^{Three dialogues between Hylas and Puilionous}』이다. 버클리는 두 명의 대화
자를 내세워(플라톤으로 거슬러 올라가는 꼭두각시와의 대화는 얼마나 상투
적인지. 스스로도 민망한지 본인이 직접 무대에 오르는 대신 플라톤은 소크라
테스를, 버클리는 필로누스라는 인물을 내세워 두뇌 없이 고개만 끄덕거릴 뿐
인 꼭두각시와의 혼자서 진행하는 이인극^{二人劇}을 펼쳐 보인다) 처음에는 조
심스레 감각되는 것과 존재하는 것을 나누며, 존재하는 것의 많은 감각
적인 특성을, 이를테면 색, 맛, 소리 등을 존재에 속하는 것이 아니라 지
각하는 감각 정신에 속하는 것이라 이야기하다가(그래도 '불 속엔 뜨거움
이 전혀 없다'와 같은 문장은 얼마나 창의적인지!), 점차, 감각 밖에 존재하
는 물체를 부인하는 방향으로 나아간다.

놀랍게도 이 책의 제일 앞에, 그러니까 이례적으로 긴 헌사 앞에 놓인 문장은 다음과 같다.

> 대화의 의도는 / 회의론자와 무신론자에 맞서 (……) 신의 직접적 섭리를 / 명확히 증명하는 것이다.

'나'라는 감각 밖에 존재하는 일체를 부정하는 것이 신의 존재를 설명하기 위해서라니 좀 엉뚱하다는 생각이 든다. 확실히 수많은 감각적인-물리적인 현상들이 과학적으로 설명되는, 이미 와 버린 미래에 살고 있는(게다가 놀랍게도 과학과 종교가 훌륭하게 양립하고 있는!) 우리에겐 이해가 되지 않는 동기와 내용의 불일치!

마지막으로 중국의 아름다운 고전 『산해경山海經』에서. 이 책은 일종의 중국 고대판 괴수대백과사전 같은 책이다. 중국의 각지를 설명하며 도저히 존재할 수 없는 기괴한 동물들을 소개한다. 거기까진 좋다. 그냥 전설이나 신화로 생각하면 그만일 터. 하지만, 이 빵 터지는 우임금의 집필 동기를 보면 정말 어이가 없어진다. 내가 지금까지 보았던 책 중에 가장 이치에 맞지 않는 집필 동기.

> 태산과 양보에 봉선을 행했던 임금이 모두 72명인데 그들이 흥하고 망했던 이치가 모두 이 안에 있다. 이 책은 국가의 모든 자원에 대한 집대성이라고 말할 수 있다.

이 어이없는 동기라니! 어찌 먹으면 눈을 깜박거리지 않게 되는 새가, 항문이 꼬리 위에 달려 있는 고라니가, 먹으면 질투를 하지 않게 되는 짐승이 국가의 자원이 될 수 있겠는가! 하지만 그렇다 해도 이 어이없는 동기가 이 책이 아름다워지는 것을 막을 수 없다. 어쩌면 이 광기 어린 집필 동기가 이 책을 더더욱 아름답게 하는지도!

천재, 천재에 대해 말하다

이 책 어딘가에서 페르난두 페소아Fernando Pessoa의 시니컬하기 그지없는, 하지만 정곡을 찌르는 데가 있는 문장(대개의 돼지들은 자신이 돼지라는 사실에 저항한다)을 공유했었다. 이번엔 좀 더 멀리 간, 이건 너무 심한데, 라고 얼굴을 찡그리며 코를 부여잡을 만큼 역겨운 부스러기들로. 역시『불안의 서Livro do Desassossego』에서 인용한, 천재에 대한 이야기.

비범한 인간과 평범한 인간의 차이는, 평범한 인간과 원숭이의 차이보다 훨씬 더 크다.

와우! (잠시 침묵) ⋯⋯ 잘 알려진 것처럼 이 포르투갈의 작가이자 다중인격자의 시조가 쓴 글들은 생전에 거의 출판되지 않았고, 그의 사후에 트렁크에서 27,543매의 원고가 발견되었다고. 이 수많은 다른 존재 – 이명異名 – 헤테로님Heteronym의 창조자가 생전에 이 원고들을 발표했다면, 그가 원숭이 혹은 돼지로 낙인 찍은 존재들로부터 아주 큰 저항을 받았을 듯.

다음은 미국 작가 존 케네디 툴John Kennedy Toole의 『바보들의 결탁A Confederacy of Dunces』에서 발견한 부스러기. 실은 그가 만든 부스러기가 아니라, 그 역시 조나단 스위프트의 글에서 주운 부스러기라고. 참고삼아 이야기하면 이 역시 사후에 발견-발표된 유작遺作이다.

세상에 진정한 천재가 나타났음은 바보들이 모조리 결탁하여 그에게 맞서는 걸 보면 알 수 있다.

이 글은 정말 우연히 손에 잡게 된 책인데, 읽는 내내 자주 큰 소리로 웃음을 터트릴 만큼 재미있었다. 지식인 소설의 어두운 버전 혹은 B급 변형이라고 할까? 가장 비슷한 예로는 영국 작가 킹즐리 에이미스Kingsley Amis의 『럭키 짐Lucky Jim』이 있겠는데, 그래도 그 소설의 주인공인 짐에겐 최소한의 지식인연한 모습이라도 있었지(게다가 마지막도 해피 엔딩!) 여기서 찾아 볼 수 있는 건 온통 잿빛의 사회 부적응자뿐이다. 이 책에서 찾은 반짝대는 부스러기 하나 더. 자식의 방에 들어온 엄마가 주인공 이그네이셔스와 나눈 어이없는 대화.

"이그네이셔스, 대관절 방바닥에 널린 이 쓰레기들은 다 뭐니?"
"어머니가 보고 계신 건 제 세계관입니다. 아직 전체적으로 통합된

게 아니니까 밟지 않도록 조심해 주세요."

그리고 마지막은 니체. 스스로 Ecce homo(이 사람을 보라)라는 제목의 자전적 에세이를 쓸 만큼 자의식이 강했던 남자. Ecce Homo는 「요한복음」 19장 5절에 나오는 대목으로, 예수를 처형하기 꺼림칙했던 본디오 빌라도가 예수를 유대인들에게 내보이면서 했던 말. 그러자 우리의 무지몽매할 뿐 아니라 잔악하기까지 했던 유대인들은 십자가에 못 박으라고 화답한다. 니체는 스스로를 무지한 유대인 사제들-독일인 지식인들 앞에 선 예수와 비견했던 것이다! 그의 글 『선악을 넘어서Jenseits von Gut und Böse』(지금까지 읽은 니체 중에서 가장 재미있게 읽었던)에서 주운 부스러기. '천재, 천재에 대해 말하다'라는 제목에 가장 어울리는 부스러기, 아마도.

    민족이란 육칠 명의 위대한 인물을 낳기 위한, 그리고 그들의 활동을 위한 자연의 우회로다.

동의하기 힘든, 좀처럼 끄덕이기 힘든(분명, 그러기엔 이성 이전에 감정적인 장벽이, 문턱이 있다), 하지만 가끔 천재들이 만들어 놓은 어마어마하게 놀라운 것들을 볼 때마다, 떠오르는 문장들.

욕망에 대한 두 가지 질문
—욕망의 목적어는 어디로 간 걸까? 욕망의 주어는 정말 일인칭일까?

　"나는 A를 욕망한다."라는 문장이 있다고 치자. 당신은 A를 무엇으로 대치하고 싶은가? 정원이 딸린 큰 집? 회사나 어떤 기관의 아주 높은 자리? TV에 나오는 비현실적으로 이쁜–잘생긴 아이돌? 하지만 라캉Jacques Lacan은, 라캉의 미국 전도사 브루스 핑크Bruce Fink는, 위의 문장에서 목적어의 자리는 처음부터 존재할 수 없다고 믿는다. 이 문장엔 동사만 있을 뿐이다. 하여, 라캉과 브루스 핑크의 합작품.

　　욕망은 계속 욕망하길 원한다.
　　—브루스 핑크, 『라캉과 정신의학A Clinical Introduction to Lacanian Psychoanalysis: Theory and Technique』

　　내가 원하는 것을 내게 주지 마세요, 그것은 내가 원하는 게 아닙니다.
　　—브루스 핑크, 『에크리 읽기Lacan to the Letter: Reading Écrits Closely』

그렇다, 프로이트도 보드리야르Jean Baudrillard도 모두 욕망이 대상에 가 닿는 행복한 결합을 부정한다. 당신이 A를 가져도, 당신의 욕망은 채워지지 않는다. 아니, 당신의 욕망이 A에 닿는 바로 그 순간, 욕망은 A가 아닌 다른 어떤 것을 원한다. 그게 욕망의 기제다, 그것이 히스테리의 얼개다. 그리하여, 욕망과 대상의 관계는, 기의(記意, 시니피에)와 기표(記標, 시니피앙)의 관계로 등치되고 또다시 사용가치와 교환가치의 관계와 비교된다. 보드리야르의 『기호의 정치경제학 비판Pour une critique de l'économie politique du signe』에서 주운 부스러기. 이 만만치 않은 책의 한 줄 요약 같은 느낌을 주는 문장.

다시 말해서 사용가치에 대한 교환가치의 관계는 기의에 대한 기표의 관계와 같다.

그리고 보드리야르는 현대 사회가('현대'라는 딱지를 붙이기에는, 그가 『소비의 사회La société de consummation』를 쓴 지 벌써 50년이 다 되어간다!) 욕망에 대해 대상이 우위인, 기의에 대해 기표가 우위인, 그리고 사용가치에 대해 교환가치가 우위인 사회라고 주장한다. 가만 살펴보면, 그는 욕망의, 기의의, 그리고 사용가치의 부재-소멸을 은연중에 암시한다. 하긴, 21세기 우리나라 대한민국에서 자동차에 무슨 사용가치가 있는가? 그건 이미 순수한 교환가치일 뿐이다, 자신이 속한 혹은 속하고 싶어 발버둥치는 집단-계급의 차이 표시 기호일 뿐이다.

라캉은 거기에 타자의 위치를 집어넣는다. "나는 A를 욕망한다."에서 '나'라는 주어에 의문을 품는 것이다. 『세미나 8^{Le Séminaire Livre VIII}』로부터,

> 주체가 욕망하는 것은 (……) 타자의 내부에서 욕망되는 것(le désirant dans l'autre).

아, 자꾸 라캉에 대해 얘기하다 보니 진짜 성질난다. 언제 이 나라에 라캉의 『에크리^{Écrits}』가 번역될 것인가? 네이버에서 에크리를 녹색 액자에 타이핑하면 재깍 브런치 집이 튀어 나온다. 나만 어이없는 건가? 나는 『에크리』가 번역되길 '욕망한다'.(다행히도, 이 글을 쓴 다음 두 달 정도 지나 정식으로 『에크리』(새물결 펴냄)가 번역되었다. 13만 원이라는 경이로운 정가에도 나는 괴로워하지 않았다)

마지막으로 니체의 『선악을 넘어서』 4장, 주울 만한 부스러기들이 넘치는 「잠언과 간주곡」에서. 프로이트보다 라캉보다 훨씬 먼저, 이미 니체는 정신분석학을 창조했다.

> 인간이 궁극적으로 사랑하는 것은 자신의 욕망이지, 그 욕망의 대상은 아니다.

뭐니 뭐니 해도, 결말엔 큰 임팩트가 있어야 하지 않겠나! 동묘역인

지 낙성대역인지 역 근처 헌책방에서 구매한 『20세기 미술의 시각』이란 책에서 본 설치미술의 사진. 제니 홀저Jenny Holzer의 「살아남기 연작Survival series」. 절규처럼 들리는 사진 속 네온사인.

내가 욕망하는 것으로부터 나를 지켜달라!(PROTECT ME FROM WHAT I WANT!)

내가 욕망하는 것으로부터 나를 지켜달라!(PROTECT ME FROM WHAT I WANT!)

책껍질을 벗겨라!

책을 사면 가장 먼저 하는 일이 무엇인가? 띠지가 있으면 나는 먼저 띠지를 벗긴다(여긴 예외가 없다, 눈에 거슬리지 않는 띠지란 본 적이 없으니). 그리고 만약 하드커버라 책껍질이 있으면 책껍질을 벗긴다. 둘은 훼손된 채 곧장 종이 쓰레기들을 위한 상자로 직행한다. 곧 쓰레기장으로 직행할 것들, 꼭 달고 나와야 하나 싶지만, 또 요즘 책들은 너무 예뻐서 책껍질을 쉽게 벗겨 버리기 힘들 때도 많다.

자, 우선 책껍질을 벗기고 나니 아름답던 책들을 먼저 꼽아보자. 우선 영국의 유명한 출판사 Everyman's Library에서 나온 존 업다이크[John Updike]의 토끼 시리즈. 정말 감사하게도 무려 토끼 시리즈 장편 4권 모두가 한 권에 들어 있다. 순서대로 Rabbit Run(달려라, 토끼), Rabbit Redux, Rabbit is Rich, 그리고 Rabbit at Rest. 안타깝게도 우리나라에는 첫 번째 작품 『달려라 토끼』만 번역되었다. 정 번역되지 않으면 나중에는 영어로 읽어야 할지도 모르겠다. 자, 각설하고, 이 포스 넘치는 책등을 보라. 조

존 업다이크, 『달려라 토끼』의 강렬한 붉은 책등

금은 밋밋한 오렌지색 책껍질을 벗기면 강렬한 붉은 책등이 드러난다. 왜, 이런 아름다운 빨강을 책껍질로 가렸던 건지.

그 다음에는 출판사 숲에서 나온, 천병희 선생님이 번역한 몇 권의 책들. 꼽아보니, 집에는 4권이 있다. 차례대로, 호메로스의 『오디세이아』, 『일리아스』, 플라톤, 그리고 아이스퀼로스 비극 전집까지. 선생이라 칭해도 별 민망한 생각이 안 드는(나는 가뭄에 콩 나듯이긴 해도 '선생'이라 불리면 민망하다. 내가 뭘 가르쳤던가, 도대체? 미장원에서 어느 '선생님' 찾아오셨어요?라는 질문을 받을 때도 마찬가지. 나는 그들에게 내게 어울리는 헤어스타일을 '배우고' 싶은 마음이 없다) 몇 안 되는 사람 중 한 분인 천병희 선생님의 그리스어 번역본을 꾸준히 내고 있는 이 출판사에 대해선 칭찬하고 싶은 것들이 잔뜩인데, 책껍질 안에 숨어 있는 속살마저 아름답다. 붉은색 표지도 맘에 들고, 황금색 혹은 검은색 글자들도 맘에 든다. 호메로스나 일리아스는 딱 그 정도로 화려해도 될 것 같고, 플라톤은 지적으로 보이고, 아이스퀼로스는 차분히 가라앉아 있다, 다가올 슬픔을 (혹은 막장을) 준비하겠다는 듯.

그리고 마지막 책은 열화당에서 나온(역시 훌륭한 출판사들에서 나온 책들은 보이지 않는 곳마저 아름답다!) 폴 발레리^{Paul Valéry}의 『드가, 춤, 데생_{Degas, Danse, Dessin}』. 그러고 보면, 나는 붉은색 계열의 책표지를 좋아하나 보다. 말이 필요없다. 껍질을 벗은 민낯의 표지는 붉고 단순하고 튼튼해 보이고, 글자들은 수수하다. 표지 위에 단색으로 그려진 발레리나는, 이게 누구에 대한 책인지 조용히 웅변한다.

덧대는 글 1. 아, 이렇게 써놓고 보니, 조금 불공평하다는 생각이 든다. 책껍질을 만들기 위해 얼마나 많은 사람들이 땀을 흘렸을까? 도저히 벗겨내 버릴 수 없었던 책껍질의 가장 좋은 예로 나는 로베르토 볼라뇨^{Roberto Bolaño}의 『2666』을 들겠다. 작품도 훌륭하지만 책껍질도 아름답다. 열린책들에서는 이 작가의 선집을 낼 때(걸작 중의 걸작『아메리카의 나치 문학』이 빠졌으니 전집이라고 부를 순 없다!) 유명한 화가를 섭외해서 만들었다고. 하긴 이 출판사의 책들은 책껍질을 벗겨 내면 갑자기 초라해진다. 지금도 내 서재 한 켠에 꽂혀 있는, 열린책들에서 나온 앙투안 갈랑

자크 라캉의 『에크리』와 때마침 퇴고를 마친 『로봇의 결함』 종이 더미

판 『천일야화』의, 책껍질을 벗은 노란 민낯은 어찌나 눈에 선지. 하지만 책껍질 따위가 무슨 상관이랴, 좋은 책만 많이 소개해 준다면.

덧대는 글 2. 그리고 마침내 라캉의 『에크리^{Écrits}』를 구매했다. 책껍집을 벗기니 다시 한번 빨강 빨강. 밥 먹기 전 사진을 찍는 마음으로(이건 타인의 마음이다, 나는 결코 그런 행동을 해본 적이 없다) 『에크리』의 사진을 찍어둔다. 때마침 퇴고를 마친 종이 더미들과 함께. 안녕~ 『로봇의 결함』, 안녕~ 『에크리』.

책으로 책을 짓다

—포, 보르헤스, 볼라뇨, 밀로라드 파비치의 경우

오랜만에 보르헤스Jorge Luis Borges에 대한 이야기로 돌아와 보면, 그의 가장 눈에 띄는 업적은 그가 소설을 만드는 데 있어 기존의 방식—허구의 '이야기'로 자신의 책을 만드는—과 다른 새로운 방식 —가공의 '책'으로 자신의 책을 만드는—을 제시했다는 데 있다 하겠다. 하나의 잘 꾸며진 이야기를 보여주는 대신 새로운 가짜 책을 진짜인 양 천연덕스럽게 소개하는 것, 그것이 그가 창안한-꽃피운 혁신의 얼개였다.

하지만 아래 전도서(코헬렛) 1장 9절에서 주운 부스러기처럼 어찌 그 선구가 존재하지 않겠는가?

있던 것은 다시 있을 것이고 / 이루어진 것은 다시 이루어질 것이니 / 태양 아래 새로운 것이란 없다.

완전히 다듬어진 방식은 아니지만 에드거 앨런 포Edgar Allan Poe는 보르헤스의 『픽션들Ficciones』이 발표되기 거의 한 세기 전에 자신의 「천일야화의 천두 번째 이야기」라는 단편에서 가공의 책을 자신의 이야기에 은근슬쩍 끼워 넣는다.

「Tellmenow Isitsoornot」이라는 마치 식민지 청년 이상李箱이 한글로 만든 시에서 일본어처럼 띄어쓰기를 없애 기괴한 분위기를 연출한 것 같은, 딱 봐도 한눈에 어설픈 티가 나는 제목이라니! 포는 이 어설픈 제목의 책이 정말로 존재하는 책, 『천일야화』의 결말이 실은 원전과는 다르다는 주장을 담고 있다고 주장한다. 그렇다, 거짓말을 그럴싸하게 하고 싶을 때엔 누군가에게 기대야 하는 법.

한편 이 장르의 위대하고 야심찬 발명가, 보르헤스는 『픽션들』에 실린 자신의 단편 「허버트 쾌인의 작품에 대한 연구」에서 결코 존재하지 않았던 작가 허버트 쾌인과 그의 작품들에 대해 거짓말을 늘어놓는다. 그가 썼다는 「April March」라는 작품을 분석하며 수형도樹形圖로 소설의 구조를 분석한다. 이게 평론인가, 소설인가?

그는 이 작품이 13장으로 구성되어 있으며, 1장이 바로 'z'로 표시된 장이며, $y1, y2, y3$는 각각, 1장의 바로 전날일 수도 있었을 세 가지 '가능한' 날들의 이야기로 각각 이야기의 2장, 3장, 4장이며, 다시 $x1 \cdots x9$는 첫 날의 전전 날일 수도 있는 다시 아홉 가지 '가능한' 날들로 차례대로 5장부터 13장을 구성한다고. 와, 정말 화딱지 나는 정신상태가 아닐 수 없다. 하긴 저런 장편을 쓴다는 게, 작가에게도 얼마나 정신적으로 해로울 수 있겠는가? 대신 보르헤스는 이런 장편이 있었다는 거짓말을 단편

속에 몰아넣고는 서둘러 끝내 버린다.

이 이상한 장난에는 은근히 전염성이 있는가 보다. 그리하여 제3세계 청년들 중에서 보르헤스의 놀라운 후예들이 속속 등장하니, 그 첫 번째가 멕시코 혹은 칠레 청년, 로베르토 볼라뇨. 그는 『아메리카의 나치 문학La Literatura Nazi en America』이라는 장편에서 존재하지 않는 다량의 작가들이 쓴 다량의 존재하지 않는 책들을 선보인다. 31명 이상의 아메리카에 거주 중인 나치 혹은 극우 성향 작가들의 작품과 일생을 짧게는 한두 페이지에서 길게는 30페이지가량에 걸쳐 간단하게 일별한 일종의 장편이다. 과묵한 문학청년에서부터 공산주의자 남편에게 매를 맞는 여류 시인, 축구에 미친 애국주의자 그리고 전투기로 하늘에 시를 쓰는 암살범까지 다양한 작가들과 책들이 백과사전식으로 나열된다.

그리고 백과사전의 본문이 끝나고 친절하게 색인까지 달아, 책에 나왔던 가짜 단행본과, 가짜 잡지와 가짜 출판사에 대한 설명까지 곁들인다. 이 얼마나 친절한 거짓말쟁이 청년인가!

그리고, 마지막으로는 지금은 없어진 나라, 유고슬로비아의 밀로라드 파비치Milorad Pavic가 쓴 『하자르 사전Dictionary of the Khazars』. 책 제목부터 슬슬 감이 올 거다. 역시 없어진 민족인(나는 그저 당연히 뻥이라고 생각했다) 하자르라는 민족이 세 가지 종교─기독교, 이슬람교, 유대교─에 대해 논한 이야기를 사전으로 엮었다. 그것도 각각, 기독교가, 이슬람교가, 유대교의 시각에서 바라본 세 가지 판본을 합친 형식으로.

기가 막히는 책이다. 기가 막히게 아름다운 책이다. 보르헤스가 지적이라면, 딱 거기서 멈춘다면, 볼라뇨와 세르비아 시인 겸 소설가는 인간을 그린다. 슬프게도 웃기게도 만드는 백과사전이라니!『하자르 사전』의 첫 번째 문장을 인용하면서 이 긴 이야기를 마친다.

　　필자는 먼저 독자들에게 이 책을 읽는다고 반드시 죽는 건 아니라는 사실을 분명히 밝히는 바이다.

소설 쓰는 '척'하는 남자 둘

─혹은 하나의 문장만으로 된 소설을 꿈꾸는 남자 둘

아마도 한국 사회가 갖고 있던 종신고용의 신화가 무너지면서부터이리라. 날벼락같이 갑작스레 회사에서 잘리게 된 남자들이 가족들에게 말은 못하고 정시에 정장차림으로 집을 나와 갈 곳을 못 찾고 공원 같은 곳을 방황한다는 뉴스. 그리하여 수많은 정장 남자들, 비행기처럼 아니 비둘기처럼 공원을 선회-배회하는. 하긴 회사 가는 척하는 남자란 이미 뉴스에서 신문에서 영화에서 닳고 닳을 정도로 사용한 클리셰겠지만(하지만 여전히 가슴 아픈), 여기선 소설 쓰는 척하는 남자들에 대한 이야기를 해보자. 그런데 왜?

우선 첫 번째 남자: 크리스티앙 로슈포르Christiane Rochefort라는 프랑스 여류 작가의 1958년 소설 『병사의 휴식Le Repos du Guerrier』에 나오는 알코올 중독자 르노. 그는 자신을 그녀의 집으로 데리고 간 주느비에브라는 부르주아 처녀의 기대를 등에 업고 규칙적으로 글을 쓴다. 하지만 어느 날 주느비에브는 르노의 서랍을 열고 그가 쓴 소설을 훔쳐보게 되는데……

내가 발견한 것은 단 한 장으로 읽기 쉬운 글씨였는데 공을 들여 쓴 것에 틀림없었다. "공작부인은 다섯시에 외출하였다. 공작부인은 다섯시에 외출하였다. 공작부인은 다섯시에 외출하였다. 공작부인은 다섯시에 외출하였다. 공작부인은 외출하였다. 외출하였다. 공작부인은 다섯시에."

실은 공작부인은 다섯시에 외출하였다, 라는 문장을 나는 희대의 불화 연출가—절대적으로 비타협적인 편가르기 전문가 앙드레 브르통Andre Breton 이 만든 『쉬르레알리슴 선언Manifestes du Surréalisme』에서 보았다. 거기서 주운 부스러기를 여기에 옮겨본다.

또한 폴 발레리는 전에 소설에 관해서 내게 단언하기를 '공작부인은 다섯시에 외출하였다'라는 식의 문장은 결코 쓰지 않을 것이라고 했는데, 이러한 착상은 확실히 그의 명예를 더해 줄 만한 것이다.

그러니까 앙드레 브르통은 발레리의 말을 빌려, '공작부인은……'와 같은 평범한 문장으로 시작하는 평범한 소설에 증오-혐오를 표현한 거고(과연 나는 그 비난에서 자유로울 수 있을까?) 그보다 대략 30년 후에 로 슈포르는 작중 인물에게 그 문장만으로 된 소설을 쓰게끔 함으로써, 주인공이 10점 만점에 10점을 받을 만한 자기비하를 완성하도록 도왔다 하겠다.

두 번째 남자는 스탠리 큐브릭Stanley Kubrick 감독의 영화 「The Shining」의 잭Jack. 실은 원작이 스티븐 킹Stephen King의 동명 소설이고 보니, 출처를 큐브릭 감독이 아니라 스티븐 킹이라 해야겠지만, 내가 찾는 소설 쓰는 척하는 남자는 영화에만 나온다, 즉 큐브릭의 창작이라고(그것도 모르고 가물가물한 기억에만 의존해서 책을 얼마나 쥐잡듯 뒤졌던가?). 실은 소설보다 영화가 더 재미있었다. 원작 소설보다 영화가 더 재미있긴 내게 흔치 않은 경우인데 이 작품과 필립 딕Philip Dick의 「안드로이드는 전기양을 꿈꾸는가?Do Android Dream of Electric Sheep?」를 영화화한 리들리 스콧Ridley Scott 감독의 「블레이드 러너Blade Runner」, 딱 두 편이 내겐 그랬다.

젊었을 적의 잭 니콜슨이 연기한 잭(소설 속 이름도, 영화 속 이름도, 그리고 페르소나 뒤에 숨은 진짜 이름도 모두 잭이다)이 이 놀라운 공포영화에서 소설 쓰는 척을 한다. 아내 웬디가 발견한 그의 타이핑한 원고는 전부 딱 한 문장 "All work and no play makes Jack a dull boy"뿐. 이 예기치 않은, 참으로 생뚱맞은, 하지만 잘 잊혀지지 않는, 섬뜩한 공포. 이 영화 속 공포스러운 장면이라면 평화가 아니라 피가 강물처럼 넘쳐흐르는 엘리베이터 장면을 떠올리는 분도 많겠지만, 황급히 넘기는 두꺼운 원고 더미가 모두 이 단 한 문장, "All Work and no play makes Jack a dull boy."로만 가득 차 있다는 걸 발견한 부인 셜리의 똥그랗게 떠진 눈도 그에 못지않게 으스스한 장면이다.

성급하게 내리는 오늘의 결론! 한 문장만으로 된 소설은 사랑하는 이의 심장에 해롭다.

나의 서재에서

—분류하기 힘든 것들 혹은 불멸하는 것들

나는 여전히 '분류'란, 그리하여 '딱지 붙이기'란, 이해할 수 없기 때문에 대신 내놓는 자신에게만 소중할 뿐인 여기저기 얽은 쑥스러운 유리구슬 같은 거라 생각하지만, 정말 하지만 어찌 책을 정리-분류하지 않을 수 있겠는가? 분류하지 않는다면 어찌하여 그것이 그저 '책들'이지, 어찌 서재가 될 수 있겠는가?

나의 서재 혹은 나의 서재 속 분류되지 않는 존재들을 소개하기 전, 보르헤스의 동물 분류만큼은 아니지만 멋들어지고-명쾌한 분류 하나를 먼저 소개한다. 로베르토 볼라뇨의 『야만스런 탐정들Los Detectives Salvajes』에서.

> 에르네스토 산 에피파니오가 문학에는 이성애 문학, 동성애 문학, 양성애 문학이 존재한다고 말했다. 그리고 장편문학은 보통 이성애 문학인 반면, 시는 전적으로 동성애 문학이라고 했다. (……) 추측건대 단편소설은 양성애 문학이리라.

당신의 성적 취향은 어떤 장르로 분류되는가?

각설하고, 내 서재를 소개하자, 아니 내 서재에 서식하고 있는 이상한 존재들, 분류를 거부하는 놈들, 그리하여 결코 죽일 수 없는 것들을 소개하자. 헌데 왜 죽일 수 없냐고? 바르트^{Roland Barthes}의 『S/Z』에서 주운 부스러기를 보라.

분류되지 못하는 것을 어떻게 죽일 수 있는가?

하여, 불멸의 존재들. 분류할 수 없으므로 버릴 수도 죽일 수도 없는 것들. 첫 번째 불멸의 존재는 우표책이다. 어릴 적 내 기억을 아주 희미하게나마 담고 있는. 정말 이 책은 가끔 책정리를 하다 조우하면 그때마다 대략 낭패. 소설도 아니고, 미술책들 속에 넣을 수도 없고, 잡지들 속에도 잘 숨으려 들지 않는다. 그림이 많으니 만화책들과 어울려보라고 충고해 볼까?

두 번째 불멸하는 것은 장림종-박진희의 『대한민국 아파트 발굴사』. 불멸하는 것이라고 거창하게 이름 붙였지만, 이 책의 저자 중 한 명인 장림종 씨는 책이 나오기 전에 작고하셨다 하고(고인에게 명복을 빈다), 이 책이 다루고 있는 주로 서울에 있는 오래된 아파트들도 이미 재개발에 들어가 헐렸기 일쑤니, 이 두 번째 불멸하는 존재는, 도처에 소멸하는 것들을 어부바하고, 무등을 태우고 있다. 이 아름다운(형용사는 분류에 있어선 참으로 무능하다) 책엔 이유를 설명하기 힘든 아름다운 사진-그림들이 그득하다. 오래된 이 책에 실린 아파트 옆구리에 그늘을 드리운 구름다리를 보라. 나는 한번도 구름다리가 나를 왜 매혹시키는지 속시원히 설명하지 못했다.

마지막으로는 다시 한번 『산해경山海經』. 우임금이 읊은 이 책의 집필 동기를 다시 한 번 옮겨 보자.

> 태산과 양보에 봉선을 행했던 임금이 모두 72명인데 그들이 흥하고 망했던 이치가 모두 이 안에 있다. 이 책은 국가의 모든 자원에 대한 집대성이라고 말할 수 있다.

우임금의 궤변을 받아들인다면, 이 책이 놓일 곳은 나의 서재엔 없다. 마키아벨리의 『군주론』이나 『정감록鄭鑑錄』 같은 책이 있다면 같이 둘 법한데, 그런 책은 여기 내 서재에 서식하지 않는다. 우임금의 농담지 않은 농은 한 켠으로 젖혀두고, 찬찬히 들여다봐도 문제는 간단해지지 않는다. 신화는 아닌 것 같고 지리서인 듯도 하지만 애매하고, 지도책들과 친해져 보라고 권하기도 이상하고, 사전류는 아닌 듯하고, 역사책은 절대 아닌 성싶고, 소설로 보기엔 좀 거시기한 그 무엇, 그렇다고 철학책이나 종교서적으로 분류하기도 애매한. 그렇지만 혹은 그래서, 각각의 장르에 '정확히' 속해 있는 죽을 수 있는 것들이 줄 수 있는 즐거움과는 차원이 다른 즐거움을 주는, 그냥 책, 혹은 불멸하는 존재.

남의 서재에서
—보르헤스와 벤야민과 홍경택과 왕칭쑹의 서재의 경우

이번엔 남의 서재 이야기. 혹은 남이 서재에 대해 말한 부스러기들. 게다가, 남이 남의 서재를 그리거나 찍은 사진이나 그림들도 덩달아.

시작은 늘 그렇듯, 우려도 우려도 끝없이 뽀얀 보르헤스의 「신학자들」에서.

서재를 가지고 있는 다른 모든 사람들처럼 아우렐리아노는 소장하고 있는 책들 모두를 읽어 보지 못한 데 대한 자책감을 가지고 있었다.

당신들의 자책감은 얼마나 무거운가? 나는 내 자책감의 두께를, 혹은 샀지만 아직 보지 않은 책의 두께를 120cm 이하로 유지하려고 노력하고 있지만 말처럼 쉽진 않다. 왜 하필 120cm냐고 묻진 말자. 규칙이라는 건, 특히 스스로 세운 규칙의 가장 핵심적인 구성요소는, 터무니없는 진지함과 불가해성이니. 하지만, 나는 내 120cm 자책감을 위협하는 적만은 잘 알고 있다. 게으름과 탐욕, 이 두 가지가 내 자책감의 숙적.

보르헤스 하나 더. 이번엔 「축복의 시Poema de los Dones」라는 그의 시에서. 이 시는 그가 국립도서관의 관장으로 임명된 후 시력이 급격히 나빠져 책도 혼자서는 제대로 볼 수 없게 된 후에 쓴 시라고. 그 커다란 서재와 영원한 밤을 동시에 받은 불운한 남자가 쓴 시.

> 누구도 눈물이나 비난쯤으로 깎아 내리지 말기를
> 책과 밤을(los libros y la noche) 동시에 주신
> 하느님의 훌륭한 아이러니
> 그 오묘함에 대한 나의 심경을

이번엔 발터 벤야민의 에세이 『나의 서재를 정리하며—책 수집에 관한 이야기』에서 주운 부스러기 두 개. 첫 번째 부스러기는 아나톨 프랑스라는 작가와 팔레스타인 사람이 그의 서재에서 나누었던 대화를 옮긴 것이라고. 어쩌면 당신의 자책감을 조금은 덜어줄지도 모르는.

> "선생님은 이 책을 모두 읽으셨는지요?"
> "아마 십분의 일도 채 못 읽었을걸요. 당신도 당신의 세브르 도자기를 매일 사용하시지는 않을 텐데요."

두 번째 부스러기는, 읽고 무릎을 탁 쳤던, 나 역시 이런 규칙을(다시 한 번 스스로 지은 감옥, 아니 규칙!) 어릴 적부터 세우고 실천하려고 노력했더랬다.

재래의 수집 방법 가운데 수집가에게 가장 적합한 것은 책을 빌려다가 오래도록 돌려주지 않는 방법입니다.

솔직해지자. 내 규칙은 이보다 좀 더 뻔뻔했다. 남의 책을 빌리면 절대 돌려주지 않는다. 한편 내 책은 남에게 절대 빌려주지 않는다. 이게 내 규칙이었다. 혹시 내가 당신에게 책을 빌려달라고 한다면, 그리고 그 책이 소중한 책이라면, 절대 빌려주지 말라.

이번엔 서재를 그린 그림으로. 홍경택 화가가 그린 작품. 이 한국 화가는 한때 집요하게 서재를 그려댔더랬다. 「Library 2」라고 이름 붙은 그림 밑에 내가 남겼던 부스러기를 옮겨본다.

"진정 혹은 유일하게 아름다울 가능성을 담지하고 있는 오브제는 아무것도 쓰여 있지 않은 책이다."

당연한 이야기지만 예전에 내가 썼던 말을 이해하기란 퍽 힘들다.

마지막으로 중국 사진가 왕칭쑹王慶松의 「그를 따르라Follow him」 연작 중 한 작품. 대륙의 스케일이라는 말이 절로 떠오르는 광대한 서재, 책의 바

나의 서재를 배경으로 한 남의 서재

다. 이런 서재를 가질 수 있다면, 이런 서재의 서지목록표를 만들 수 있다면 얼마나 행복할까?

꿈으로 지은 이야기들

—안토니오 타부키가 대신 꾸어준 아르튀르 랭보의 꿈

실은 꿈이란, 이야기를 마무리짓는 가장 편리한 방법이 아닐 수 없다, 말 그대로 데우스 엑스 마키나$^{Deus\ ex\ machina}$. 기계로 만든 신. 눈을 떠보니 모든 게 꿈이었네요, 앗, 이럴 수가. 자 이제 안녕, 전 학교에 가야 해요, 그만 총총. 도심 곳곳 잡초처럼 자라나는 편의점처럼 이 얼마나 편의한 마무린가!

이 편의한 방법을 외면하지 못한 작품 중 뒤통수를 냅다 휘갈기는 작품은 역시 『이상한 나라의 앨리스』. 첫 번째 모험인 『Alice's adventure in Wonderland』에서 앨리스는 "저 년의 목을 잘라라!$^{Off\ with\ her\ head!}$"를 외치는 여왕의 명을 받고 달려드는 트럼프 병정들을 피하다가 잠에서 깨어나선 천연덕스럽게 언니에게 말한다. 아무리 철딱서니없는 애가 한 말이라 해도 눈살이 찌푸려지지 않을 수 없는 장면.

아, 나 너무 신기한 꿈을 꿨어.(Oh, I've had such a curious dream!)

그 속편 격인 『거울나라의 앨리스Through the Looking-Glass』도 마찬가지로 깨어보니 모두 꿈이었다는 구도는 동일하지만, 훨씬 더 매혹적이다. 고양이 키티를 잡은 채 꿈에서 깨어난 앨리스가 고양이에게 한 말을 보라!

장자의 나비꿈(호접몽)을 연상시키는 이 독백과 물음표로 마무리되는 문장, 이것이 이 매혹적인 소설의 마지막 문장이다. 그리고 이 마지막 장, 12장의 제목은 Which dreamed it?(누구의 꿈이었을까?)이다. 이 얼마나 매혹적인 설정인지. 비난하지 말자, 꿈으로 마무리를 지었다고, 이 정도라면.

> "자, 키티 누가 꿈을 꾼 것인지 생각해 보자(Let's consider who it was that dreamed it all). 이건 심각한 문제야. (……) 키티, 틀림없이 꿈을 꾼 건 나 아니면 붉은 왕Red King이야. 물론 그는 내 꿈 속에 나타났어. 하지만 나도 그의 꿈에 나타났었잖아!"(……) 독자 여러분, 누구의 꿈이었을까요?

다음으로는 마지막에만, 짠 꿈이었지롱, 하고 나처럼 순진한 독자를 기만하는 게 아니라 처음부터 대놓고 꿈의, 꿈에 의한, 꿈을 위한 작품 세 편.

첫 번째 내가 쓴 『비밀 경기자』. 꿈의 파편들로 거대한 이야기를 지어보려 했던 어설픈 시도. 이 소설의 어딘가서 제사로 사용했던 자크 르 고프가 『연옥의 탄생La Naissance du Purgatoire』에서 했던 말을 옮기면서 이 쑥스

루이스 캐롤, 『거울나라의 앨리스』 삽화—누구의 꿈이었을까?

러운 소개는 집어치우자.

꿈의 길들이 봉쇄되었으니 악몽들이 태어날 것이다.

두 번째는 보르헤스의 『꿈 이야기Libro de Sueños』. 대충 눈으로 훑어도
200개는 넘는 동서고금의 문학, 신화와 자신의 소설에서 발췌한 짤막짤
막한 꿈 이야기들을 담고 있다. 온전히 보르헤스의 것만은 아닌, 얼마나
많은 놀라움들이 이 작은 책 안에 들어 있는지! 그중의 하나, 출처를 믿
을 수 없는 짤막한 조각 하나, 부스러기에 가까운.

어렸을 적 버트런드 러셀은 학교 기숙사 방에 있는 작은 책상 위 버려진 종이들 사이에서 이런 구절이 적힌 종이를 발견하는 꿈을 꾸었다. "뒷면에서 이야기하는 것은 확실하지 않은 이야기이다." 종이를 뒤집자 이렇게 적혀 있었다. "뒷면에서 이야기하는 것은 확실하지 않은 이야기이다." 그 순간 그는 잠에서 깨어나 책상 위를 뒤적여 보았다. 그러나 종이는 없었다.

뭐니 뭐니 해도 마지막에 나오는 얘기가 가장 그럴싸해야 하는 법. 마지막 꿈으로 지은 소설은(이것도 대놓고 남의 꿈들로 지은 책이지만, 보르헤스처럼 옮겨온 것이 아니라—보르헤스의 가장 교활한 부분은, 이런 진짜 인용 사이에 가짜 인용, 즉 자신이 창작한 글들을 몰래 집어넣는다는 데에 있다—직접 손수 창작한, 수제手製 꿈들로 만든) 안토니오 타부키Antonio Tabucchi의『꿈의 꿈Sogni di Sogni』. 동서고금으로 유명한 위인들의 꿈을 대신 만들어준다. 유서를 대필하는 것도 아니고, 남의 꿈을 대신 창작해 준다니! 이 얼마나 발칙한 상상인지. 이 소설 속 단연 가장 아름다운 꿈은「시인이자 방랑자, 아르튀르 랭보의 꿈」이다. 책 자체도 짧고 이 이야기는 더더욱 짧다, 하지만 몹시도 빛난다. 아, 이 이야기는 줄이기엔 너무 짧고(난 감히 그러지 못하겠다, 혹시라도 줄이다 그 아름다운 아우라를 내 망가뜨린다면), 옮기기엔 너무 길다. 직접 읽어 보시길 추천드린다.

오마주를 위해 만든 작품들

—오기와라 히로시, 우라사와 나오키, 미셸 투르니에

오마주^{Hommage}란 주로 영화에서 다른 이에게 존경을 표현하기 위해 원작의 장면을 모방하거나 인용하는 행위를 가리키는 말. 영화에 비해 비교적 자유도가 높은 소설이란 장르에서도 당연히 이 장치는 사용된다. 내 기억에 남아 있는 오마주의 대표적인 예는 장정일의 『너희가 재즈를 믿느냐』라는 작품. 원작자에게 물어보지 않았으니 확인할 바는 없으나, 하일지의 경마장 시리즈에 대한 오마주가 곳곳에서 눈에 밟혔던 것 같다.

우선 일본 작가 오기와라 히로시^{萩原浩}의 2002년작 『하드보일드 에그$^{ハードボイルド.エッグ}$』부터 시작하자. 하드보일드란 말은 여기서 당연히 완전히 익힌 달걀을 뜻하는 게 아니다. 해밋-챈들러-맥도널드$^{Hammet-Chandler-Macdonald}$의 트로이카가 꽃피웠던, 넘치는 허세를 버버리 코트 깃에 곱게 꽂고 비정한 거리를 활보하던 사립탐정들이 등장하는 하드보일드 추리소설(일본에서는 비정파^{非情派}라고 불리기도 하

는 듯)에 대한 오마주다. 오마주답게, 오마주하는 스타일을 흉내내되, 오마주하는 자신을 희화화하며 유머가 넘친다. 해서, 이야기도 이야기지만 즐거운 부스러기들이 넘친다. 레이먼드 챈들러^{Raymond} Chandler가 창조한 탐정, 말로^{Philip Marlowe}를 존경하는 모가미 순페이라는 독신의 1인칭 주인공 탐정의 독백-자기고백을 보라(그렇다, 독백하지 않는 말로라는 건 넘어지지 않는 피에로와 무엇이 다르겠는가?)

나는 말로를 신봉하고 J는 류 아처를(로스 맥도널드가 창조한 탐정―옮긴이) 편애한다. 그러한 약간의 차이는 있지만 우리는 같은 부류의 인간이다. 몸에 해로운 기호품을 좋아하고 말은 부정형과 비유로 넘치며 골프와 가라오케를 부모의 숙적처럼 싫어한다.

맞다, 맞다. 챈들러의 책엔 얼마나 많은 직유법이 등장하는지! 한국의 수많은 글쓰기 교실에서는 직유법을 숙적처럼 가르친다고 들었다. 그러거나 말거나. 이런 문장도 맛깔 난다. 역시 직유법의 향연.

실종자를 찾아내는 일은 수영장 바닥에 떨어진 동전 한 개를 찾는 것보다 어렵다. 거기에 필요한 것은…… 식충식물 같은 인내. 요컨대 수영장 하나를 가득 채울 정도의 슬롯머신 모조 코인들 중에서 기어코 진짜 동전 하나를 찾아내고야 마는 정신력이다.

두 번째 작품도 일제다. 내가 가장 좋아하는 일본 만화가 우라사와 나오키浦沢直樹의 『Pluto』. 이 책은 데츠카 오사무手塚治虫의 1951년작 철완 아톰鉄腕アトム 시리즈 중 『지상최대의 로봇』이라는 시리즈에 나오는 악당 로봇의 이름이라고. 원작은 읽지 못했지만(계획도 없다, 오마주를 읽은 것만으로도 충분하다, 이 책의 경우엔) 우라사와 나오키 특유의 우리 주변에 숨어 있는 완벽한 보호색을 입고 있는 '절대악'에 대한 냄새가 난다(『몬스터』와 『20세기 소년』에서 얼마나 멋지게, 그런 악의 화신을 창조했던가!).

마지막으로는 프랑스 소설가 미셸 투르니에Michel Tournier의 『방드르디 혹은 태평양의 끝Vendredi Ou les Limbes Du Pacifique』. 방드르디는 프랑스 말인즉, 프라이데이다. 프라이데이가 나온 소설 하면 떠오르는 게 없으신지? 그렇다, 이 소설은 대놓고 다니엘 디포Daniel Defoe의 18세기 소설 『로빈슨 크루소The Life and Strange Surprising Adventures of Robinson Crusoe of York』를 오마주가 아니라 디스한다. 로빈슨 크루소 대신 프라이데이 혹은 방드르디를 주인공으로 내세워 이 무인도의 짝패 이야기를 완전히 새로이 창조한다. 원시 사회에게 문명이란 이름의 물로 하는 세례를 행하는 대신…… 여기까지 하자. 직접 읽어볼 만한 책이다(아톰과 마찬가지. 원작은 읽어보지 못했다. 그닥 땡기지 않는다).

사족 하나, 『외면일기Journal Extime』라는 그의 일기를 이 작품보다 뒤에 읽었던 건 얼마나 내겐 행운이었는지! 혹시라도 일기를 먼저 읽었다면, 이 책을 읽는 행운이 내게 주어지지 않았을지도 모른다. 웬만해선. 책은 잘 빌려주지도 헌책방에 되팔지도 않는 내가 헌책방에 던져버리듯 팔았던 게 바로『외면일기』라는 책이었다. 벤야민이나 바르트의 일기도 재미는 없었지만 이 정도는 아니었는데. 그 책을 읽고 내가 남긴 짧은 책일기를 인용해 본다.

예를 들어 이런 변명을 할 수도 있다. 산문을 쓰는 것과 소설을 쓰는 것은 다르다고. 아니면 작가가 너무 늙어버린 거라고. 혹은 이건 처음부터 남에게 보이기 위해 쓴 거라(아니라고 작가는 이야기할 수 있을 터이지만) 그런 거라고. 그런 모든 변명을 받아들인다 해도 이 거장연하는 꼴이 역력한 늙은 작가의 글은 맘에 들지 않는다. 물론 드문드문 멋진 이야기나 멋진 인용도(이 멋지지 않은 작품엔 멋진 인용들이 더러 있지만, 정작 그의 멋진 글들 중엔 멋진 인용 거리들이 희박하다) 있지만, 그걸로 용서가 되지 않는 고약함이 여기에 있다. 그리고 이 작가는 노벨상이 점점 더 알려지지 않은 작가들에게 돌아가는 경향이 있다고 불평하며 새로운 신포도를 만든다. 하지만 거기에 목을 매달고 있는—알려지지 않는 작가라는 새로운 포도에—우리의 구차한 작가들을 보라!

그러나 저러나 역겹긴 매한가지. 상을 받기 위해 문학을 하는 비천한 영혼들.

낡은 책들은 어디서 태어났는가?, 첫 번째 이야기

—두 권의 책과 두 곳의 헌책방

낡은 골목길에 낡은 집들이 다닥다닥 매달려 있듯, 헌책방에는 낡은 책들이 금방이라도 쓰러질 듯 위태롭게 쌓여 있다. 아슬아슬 무너질 것 같은 책들의 탑. 헌책방에서 우리는, 아니 나는 무엇을 찾았던가? 나는 한국에 내 모국어로 출판된 적이 확실히 있는 책들을 찾고 있었다. 확실치 않지만 그저 아주 예전에 출판되었다는 소문만 간간이 들리던 책들을 찾고 있었다. 아니 자주, 예전에라도 출판되었던 적이 있었으면 얼마나 좋을까 하는 바람만 갖고 있던 책들을 찾고 있었다. 한 두어 번은 곧 출판된다는 소문이 무성했던, 아직 도래하지 않은 근접-미래의 책을, 헌책 더미 사이에서 건진 적도 있었다.

그랬다, 나는 거기 헌책방들에서, 과거의 책 더미 사이에서, 확실한 과거를 찾아 뒤졌고, 간혹 불확실한 과거와 조우했고, 바람에 불과한 과거를 만나지 못해 실망했고, 미래의 책과 마주치고 경악했다.

지금 내 책상 위, 차가운 유리바닥에 등을 대고 누워 있는 다섯 권의 책. 이들은 내가 그들을 처음 만난(계획하지 않았으므로 마주쳤다고 하는 편이 맞겠다) 장소에 대한 기억을 보듬고 있다, 그 냄새를.

자 첫 번째 짝부터. 『사랑의 형이상학』은 금호동 고구마의 기억을 붙들고 있다. 내가 어설프게 찍어 기운 이 사진엔 "사랑의 形而上學 삼면화Triptych, 三面畫"이란 거창한 이름을 수여하겠다.

이 책이 바로 미래에 올 책을 과거의 책더미에서 찾은 사례. 지금은 없어진, 서울에서 가장 큰 헌책방 중 하나였던 금호동 고구마에서 찾은, 고구마의 가느다란 서가들 중, 미술 칸에서 문득 눈에 띈, 위태위태한 책의 탑 제일 위에 무성의하게 놓여 있던 『사랑의 형이상학』. 제목도 너무 촌스럽고, 출판사 이름도 왠지 나와 맞지 않는 것 같아서(가정문고사家庭文庫社란다), 그냥 지나치려다, 카프카란 글자가 눈에 콱 박혀 들쳐보니, 당시 솔 출판사에서 출판된다 출판된다 하면서 시간만 끌던 카프카의 일기가 아니던가! 그때의 경악은, 그때의 반가움은 잊히지 않는다.

작은 사족 하나, 그런데 이 책은 일기 전체를 완역한 게 아니라 군데군데 발췌해서 번역한 책이었다. 그리고 나서 거의 7~8년이 지나 솔에서 드디어 『카프카의 일기』가 정식으로 나왔다. 번역에 대해선 나중에 다시 언급할 기회가 있겠지만, 어쨌건 어지간해선 번역에 대해 탓하지 말자는 생각인데, 이 책은 정말 영문판이라도 사야 하나, 하는 생각이 들게 만든다. 한 권의 책에 번역자가 너무 많기도 하다. 그리고 결정적으

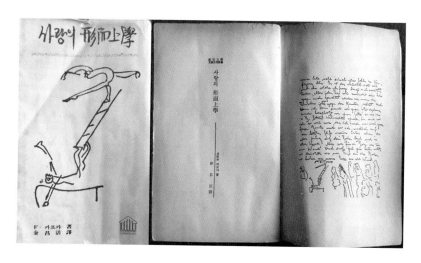

카프카, 『사랑의 형이상학』 혹은 사랑의 形而上學 삼면화^{Triptych(三面畫)}

로, 위의 책『사랑의 형이상학』과 일치하지 않는 부분이 너무 많다. 뭘까, 이건? 한국판 혹은 일본판 안토니오 타부키가 카프카 대신 그의 일기를 창작이라도 한 걸까?

제목도 거시기한 『사랑의 형이상학』에서 찾은 멋진 부스러기 셋(놀랍게도 솔 출판사에서 나온 일기에선 아래 문장을 발견하지 못하다! 내가 게을러서-부주의해서 그런 걸까? 아니면 정말 대작^{代作}?)

유니폼을 입은 사람치고 사람들에게 불쾌감을 안 주는 사람은 호텔 보이뿐이다.(1910년 5월 3일)

나는 시간을 지킬 수가 없다. 왜냐하면 기다리는 고통을 느끼지 못하기 때문이다.(1911년 12월 1일)

정신은 그 어떤 결심에 의지하지 않았을 때 비로소 자유로울 수 있다.(1912년 2월 29일)

두 번째 짝은 아우구스티누스Aurelius Augustinus의 『고백록Confessions』과 다시 한 번 고구마. 하지만 이번 고구마는 금호동 고구마가 아니라 화성시 외딴 벽지의 고구마.

이번 고구마는 경기도 화성으로 옮긴 뒤였다. 옮긴 뒤에도 두어번 새로 터를 잡은 곳에 찾아갔는데, 책이 영 준 것 같아 물어보았더니, 한 몇 km만 더 들어가면 컨테이너가 있는데 거기에도 책들이 있다고 해서, 흔쾌히 사장님(혹은 직원님?)의 자가용을 타고 논과 밭을 지나 생뚱맞은 곳에 생뚱맞게 서 있던 컨테이너에 혼자 들어가 스산하고 넓고 또 춥기까지 한, 밖에서 잠긴 컨테이너서 골랐던 몇 권의 책 중 한 권. 컨테이너 안에서 전화가 터지지 않아, 사장님 혹은 직원분을 다시 부르는데 잠시 애를 먹었던 기억이 있다. 화성에서 주운 아우구스티누의 『고백』.(그런데 이 책도 나중에 확인해 보니, 멀쩡히 13장까지 있는 책을 10권까지만 추려서 번역한 책이었다. 시간을 다룬 11장은 다시 한번 누락, 화가 난다!) 거기서 찾은 부스러기 두 개.

발견한 가운데 당신을 발견치 못하기보다는 차라리 발견치 못하는 가운데 당신을 발견하게 하소서.(1권 6장)

아우구스티누스의 유명한 소거법? 신이 어떤 존재라고 증명하기보다, 어떤 어떤 존재는 아니다, 라는 식으로 증명해 나가는 방법. 20세기 추리소설 거장 엘러리 퀸이 국명 시리즈에서 가끔 범인을 증명하는 데 이런 아우구스티누스 식의 방법을 차용하곤 했다. 개인적으로는 비추. 박진감이 떨어진다.

주여, 당신은 내 기억 속 어느곳에 거하십니까?(10권 25장)

그를 위해서라도 이스라엘의 유일신이 그리고 그 아들이 그의 뇌 해면층 바깥에도 꼭 존재하면 좋겠다는 생각이 들 정도로 진지하고 투철하고 끈질긴 사고思考들.

낡은 책들은 어디서 태어났는가?, 두 번째 이야기
—세 권의 책과 세 곳의 헌책방

자! 이제 책 세 권과 헌책방 세 곳의 이야기가 남았다. 이번엔 화성시로, 아니 삼천포로 빠지지 말아야지, 마음 다져 먹으며 보이지 않는 마음의 형광색 신발끈을(마음의 신발끈은 밤엔 잘 안 보이니까 형광색이어야 옳다!) 꽉 조인다.

이번에 소개할 세 번째 짝패는 패트릭 왈드버그[Patrick Waldberg]의 『Surrealism』과 일본의 진보초 거리의 헌책방 겐조[Genzo].

진보초[神保町] 거리, 혹은 간다 고서점 거리[神田古書店街]는, 우에노동물원 입구에 있는 국립서양미술관[国立西洋美術館]과 함께 도쿄에서 내가 가장 좋아하는 곳이다. 자주는 안 가려고 한다. 좋아하는 곳은 너무 자주 가면 안 된다. 이중환이 『택리지』에서 흘렸다는(『택리지』를 읽은 기억이 없는 나는, 그럼 또 누가 대신 흘린 부스러기를 주웠던고?) 부스러기를 옮겨 본다.

옛날에 주부자가 무이산의 산수를 좋아하여 냇물 굽이와 봉오리 꼭

대기마다에 글을 지어 빛나게 꾸미지 않은 곳이 없었다. 그러나 거기에 살 집은 두지 않았다.

일본 책만 비치하고 있는 서점이 많긴 하지만, 특히 미술책이나 소설책 등 해외 서적(주로 영어다, 물론)을 전문으로 취급하는 고서점도 꽤 있다.

그 거리 어느 한 켠 미술전문 서양고서점 겐조에서 구한 책이 바로 키리코의 그림이 표지를 장식한 『Surrealism』이다. 사진을 일일이 다른 질의 종이에 인쇄한 다음에 책에 붙인 점이 인상적이다. 책도 책이지만, 책방이 참으로 아름다웠다, 최소한 내 기억에는. 하지만 안타깝게도 이 겐조 역시 지난 얘기에서 소개했던 금호동의 고구마나 화성시의(컨테이너의) 고구마처럼 문을 닫았다. 3년 전쯤이었던 것 같은데, 기억을 좇아 겐조가 있던 자리로 가보니, 새로 인테리어 공사가 한창이었다. 음식점이 들어오는 것처럼 보였다. 하여, 나는 이 책방의 존재를 증명할 아무런 증거도 갖지 못하고 있는 셈이다, 쉬이 부스러지고, 간단히 착색되는 내 갸냘픈 기억밖에는. 구글에서도 도통 행방불명. 다행히 몇 년 전, 그 거리에서 새로운 예술책방 두 곳을 발견했다. 다음 찾을 때 그 자리에 그대로 있어 준다면.

다음은 나보코프Vladimir Nabokov의 『창백한 불꽃Pale Fir』과 부산 보수동 헌책방골목 대우서점. 이 책의 존재는 그전부터 알고 있었지만, 그 책이 한글로 번역되었다는 사실은 알지 못했다. 해서, 나는 과거로부터의 예기치 못한 깜짝선물을 받은 셈이었다!

하지만, 최근에 부산 갈 일이 있었는데, 대우서점도 기다랗게 생긴 매장의 일부를 정리하는 중이었다. 정리하는 바로 그 장소가 이런 기대치 않은 외국소설-선물이나, 미술책들을 곧잘 득템하던 곳이었는데. 아쉽다. 아쉽다.

마지막 짝패는 모리스 블랑쇼^{Maurice Blanchot}의 『아미나다브 ^{Aminadab}』와 마산의 영록서점. 마지막으로 들른 게 십 년도 훨씬 넘어가는 때인 것 같은데, 거기서 이 책을 발견했을 때 얼마나 놀랐던가!

이 책은 국내에 잘 소개되어 있지 않은 블랑쇼의 소설이다. 블랑쇼 하면 『미래의 책^{Le Livre à Venir}』이나 『문학의 공간^{L'Espace Littéraire}』 등 문예비평, 철학 쪽으로만 잘 알려 있을 뿐, 여기서 소개하는 『아미나다브』나 『토마, 알 수 없는 자^{Thomas l'Obscur}』 등의 소설은 한국에 제대로 번역되어 있지 않았다.

『아미나다브』는 대놓고 카프카 풍이다. 카프카의 『성』이 주인공 K가 성으로 향하는—하지만 언제나 실패하고 마는—지난한 여정을 그렸다면, 이 소설은 주인공 토마가 문지기가 지키고 있는 건물에서 밖으로 나가지 못하고 끝없이 배회하는 일견 무의미해 보이는 여정을 지리하게 따라간다. 뜬금없는 묘사, 부분적으로는 늘 논리적으로 보이지만, 잠시만 거리를 두어도 이치에 닿지 않는(혹은 무슨 알레고리를 풀어내기 위해 이런 기다란 대화를 이어가는지 종잡을 수 없는, 그렇기 때문에 더더욱 매혹적인) 대화들. 가령 카프카의 소설에서 주워온 것으로 누가 뺑을 쳐도 한

치의 의심도 없이 믿을 것 같은 다음과 같은 부스러기.

　　내가 당신을 위해 두려워하고 있는 것은 절망이 아니에요. 내가 두
려워하는 것은 도가 지나친 끝도 없는 희망이에요.

전국 최대의 헌책 보유량을 자랑한다던 이 헌책방 역시, 꽃보다 헌책
이 아름답다고 말했던 사장님이 작고하신 이후로 미래가 불투명한 상황
이라고. 이 서점이 계속 번창하길, 혹은 이미 사라진 다른 헌책방들이 다
시 예전 모습대로 문 열기를 기대한다면, 그 역시 '도가 지나친 끝없는'
희망일까? 사라진 것들, 혹은 사라져가는 것들은 내 기억 속에서 늘 아
름답다, 늘 서글프게. 그리고 사장님의 말씀은 최소한 내겐 당연한 이야
기다, 존재할락 말락 하는 헌책이 내 곁에서 활짝 핀 꽃보다 백배는 아
름답다.

환상의 책

내 머릿속 어딘가에 유년시절부터 자라나고 있는 '환상의 책'이란 종種을 소개할까 한다. 새로운 종을 설명하는 데 있어, 그 시조를 소개하는 게 올바른 순서 아니겠는가? 내 첫 번째 환상의 책은 아가사 크리스티 Agatha Christie 의 「끝없는 밤Endless Night 」.

초등학교 고학년 때였던 것 같다. 나는 이 책을 너무나 갖고 싶었지만, 잘 기억나지 않는 이유로 가질-살 수 없었다. 가질 수 없는 책, 해서 갑자기, 백색왜성처럼 밀도 높은 욕망으로 변하고 마는 책. 욕망이 지나치면 가끔 어리석은 사람들은 주술적으로 변한다. 나 역시 어느 날 아침에 일어나 문득 세탁기 뚜껑을 열면 그 안에 이 책이 들어 있을 거라는 단단한 희망(그렇다, 단단한 욕망이 주술의 힘을 빌려, 단단한 희망으로 탈바꿈하는 것이다)을 갖고, 세탁기 덮개를 열었다. 나는 그 후에도 몇 차례 하릴없이 세탁기 덮개를 열었다, 낙담하여 덮개를 덮었다. 하지만 희망은(특히 주술의 힘을 빌린) 그리 쉽게 덮이지 않는다.

나중에 그 책을 손에 넣고 읽게 되었을 때, 나는 내 욕망이 상상했던 것과 실재의 간극에 놀랐다. 간단히 말하자면 실망했다. 어쩌면 실재를, 실재 그대로 볼 수 없었는지도 모른다. 지나친 욕망에 충혈된 눈으로는 어찌 실재를 객관적으로 보겠는가. 이쯤에서 마르크스와 라캉의 부스러기들. 욕망이 사물에(여기서는 책에) 가 닿는 순간, 혹은 그 전체 사이클에 대한 냉철한-조소적인 분석.

> 모든 상품은 그것의 소유자에게는 비사용가치이고 그것을 소유하지 않은 자에게는 사용가치이다.
> ―마르크스$^{Karl\ Marx}$, 『자본론$^{Das\ Kapital}$』

> 본능은…… 환유라는 철도에 포획되어 영원히 다른 어떤 것에 대한 욕망으로 확장된다.
> ―라캉$^{Jacques\ Lacan}$, 『에크리^{Ecrits}』

나는 『자본론』과 『에크리』를 아직 읽지 못했다. 각각 가라타니 고진柄谷行人의 책과 브루스 핑크의 책에서 주운 부스러기. 하지만, 두 책은 '환상의 책'은 아니다. 『자본론』은 내 서재에 꽂혀 있고, 『에크리』 역시 이제 막 터무니없는 가격표와 함께 번역되었다. 이 책들은 아직 읽지 않았지만, 읽을 수 있는 책들. 다시 한 번 설명하자, 내 손에 지금 당장 없는 것, 간단히 구하기 힘든 것, 구한다 해도 간단히 읽을 수 없는 것(이를테면 불어로 번역된 김만중의『구운몽』같은), 그런 것들만이 '환상의 책' 혹은 단단한 욕망의 대상이 될 자격이 있다.

다음 책은 모리스 블랑쇼$^{Maurice\ Blanchot}$의『카프카에서 카프카로$^{De\ Kafka\ à\ Kafka}$』. 이 책 역시 그 존재를 알게 된 이후 내 머릿속에서 단단한 욕망 혹은 '환상의 책'으로 변했다. 얼마나 읽고 싶었던가!

하지만 엄밀히 말해,『끝없는 밤』과『카프카에서 카프카로』는 더 이상 환상의 책이 아니다. 과거엔 환상의 책이었지만, 이제는 읽어버린 것. 하여 한번 욕망이 가 닿은 사물. 이제 실재하는 사물 – 읽어버린 책. 사실, 둘 다 그닥 나쁘지 않은 책이었지만, 기대엔 미치지 못했다. 혹은 욕망이 사물에 닿는 순간, 그 뜨거운 사물의 표면에서 욕망은 증발된다, 다른 상으로, 다시 한 번 헛되이 다른 대상을 찾아 증발된다.

뜬금없지만 프랑수아 오종$^{François\ Ozon}$이라는 영화감독의「Water drops on burning rock」이라는 영화가 있었더랬다. 영화 제목대로라면『끝없는 밤』과『카프카에서 카프카로』가 바로 달궈진 돌이란 말일 터!

자, 이번엔 진짜 환상의 책들, 내 액상^{液狀} 영혼이 아직 가 닿지 못한 돌들. 아직도 내 머릿속에만 떠돌고 있는. 첫 번째 책은 귄터 그라스$^{Günter\ Grass}$의『개들의 시절^{Hundejahre}』이다.『양철북$^{Die\ Blechtrommel}$』,『고양이와 생쥐$^{Katz\ und\ Maus}$』와 함께 단치히 3부작 중 마지막 작품.『양철북』과『고양이와 생쥐』는 다행히 번역이 되어 읽어 보았지만,『개들의 시절』은 아직 한국에 번역되었다는 말을 듣지 못했다. 내가 가지고 있는 오래된 잡지에『개들의 시절』의 한 챕터인「뼈의 산」이 실려 있는데, 너무 멋지다. 제발,

뼈의 山

권터·그라쓰作

安 仁 吉譯

〈譯者의 말〉

권터·그라스(Günter Grass)는 一九五八년 그의 방대한 장편『철북』〈七三四페〉를 가지고 四七년 그賞을 받고부터 본격적으로 문명을 떨치게 되였다. 作년에도「개들의 시절」이라는 六八四페이지나 되는 장편소설을 내놓아 世界文壇에 쎈세이션을 일으킨 바 있다.

그라쓰는 一九二七년 一〇월 十六일 단치히에서 상인의 아들로 태어났다. 現재 西베를린에서 作家生活을 하고 있다. 그라쓰는 고등학교시절에 전쟁을 만나 부상도 당했고 미군포로가 되기도 했다. 풍진 후 고등학교의 나머지 과정을 마치고

그라쓰는 소설외에도 희곡, 시, 판화 조각도 한다. 「개들의 시절」의 표지

그라쓰의 문체는 대단히 거칠고 기피하다. 버멸의 策을 들기 어려운 곳이 한 두 곳이 아니다. 散文이라기 보다는 詩에 가까운 곳이 한 두 곳이 아니다.

이 번역에 나오는 수서 『뼈의 山」(Der Knochenberg)의 노이에·룬트샤우誌 第一券에 발표된 것을 사용하였다.

여기 번역한 텍스트는 一九六三년 노이에·룬트샤우誌 第一券에 발표된 것을 사용하였다. 永遠일을 앞두기 바란다.

옛날 한 소녀가 있었다. 이름은 블라였다. 깨끗한 이마를 가진 소녀였다. 눈도 깨끗했다. 깨끗한 처녀였다.

다. 돼지는 물론 깨끗치 않다. 악마는 더구나 깨끗치 않다. 깨끗하

도 없었다. 그러나 이 세상에 깨끗한 것은 없다. 깨끗한 처녀

귄터 그라스, 『개들의 시절』 중 「뼈의 산」

번역되길, 내가 이 나이에 다시 하릴없이 세탁기 뚜껑을 열어보지 않도록.

  그리고 딱 두 권을 덧붙이자면 훌리오 꼬르따사르^{Julio Cortazar}의 『팔방놀이^{Rayuela}』(구글에서 만난 초판본 표지는 얼마나 아름다운지! 당장이라도 달겨들어 수증기로 화하고 싶다), 그리고 전에도 언급했던 모리스 블랑쇼의 소설 『토마, 알 수 없는 자^{Thomas l'obscur}』. 최윤정 선생님이 번역하여 1993년에 출간된 『미래의 책』의 역자 후기를 보면 어디선가 『토마, 알 수 없는 자』도 요만큼 조만큼 번역되었던 것 같긴 한데, 나는 아직 헌책방에서 이 책을 조우하는 행운을 누리지 못했다.

  물론, 이 책들을 만난다면 실망할 수도 있으리라, 내 기대와 너무 달라 분노할 수도 있으리라. 오랫동안 들고 있었던 쇼펜하우어^{Arthur Schopenhauer}의 『의지와 표상으로서의 세계^{Die Welt als Wille und Vorstellung}』에는 마침 이런 문장이 나온다.

    성취된 소망은 인식된 오류고, 새로운 소망은 아직 인식되지 않은 오류다.

  하지만, 그걸 안다고, 나라는 존재는 변하지 않는다. 그게 인간이니까, 혹은 나니까. 이들 환상의 책은 내 머리 혹은 내 자아 어딘가에 언젠가부터 무단으로 거주하고 있고, 나는 그들의 주소를 몰라 강제 퇴거 명령을 내리지 못한다.

제2부 책 속의 그림 속의 책 속의 그림 속의……

푼크툼-꿈의 열쇠-왜 하필 스펀지에서?

사진에 대한, 아니 예술 전반에 대한 아름다운 짧은 글이자, 한국의 모든 사진학과 학생들의 필독서가 되어 버린 롤랑 바르트의 『밝은 방La Chambre Claire』 10장엔 스투디움studium과 푼크툼punctum에 대한 정의가 나온다. 논쟁의 여지가 있는 이 두 가지 상반된, 하지만 롤랑 바르트의 다른 문장-개념들이 그렇듯, 여전히 모호한 이 개념들을, 간단히 축약해 보자.

교양-정보-지식의 영역에서의 즐거움인 스투디움과, 괴물처럼 설명할 수 없고, 아주 자주, 타인에겐 아무것도 아닐 지극히 사적인 즐거움인 푼크툼. 푼크툼이란 단어가 존재해야 한다는 건, 그만큼 왜?라는 질문의 답에 도달하기가 힘들다는 걸 반증하는 게 아닐까? 그렇다, 우리는 "왜 너는……?"이라는 질문을 참으로 쉽게 남발하지만, 거기에 정확히 다다르는 것은 얼마나 힘든 여정인지.

각설하고, 여기선 벨기에 화가 르네 마그리트René François Ghislain Magritte의 그림들 중, 나의 푼크툼이라 부를 수 있는 그림 하나를 소개하고자 한다.

르네 마그리트, 꿈의 열쇠, 1927

© René Magritte / ADAGP, Paris – SACK, Seoul, 2020

1928년부터 1930년까지 파리에 체류하는 동안 마그리트는 유독 그림 속에 단어를 넣은 그림들을 많이 그렸다. 그중, 이 그림은 '내게' 특별하다. 그리하여 '나의' 푼크툼이 된다.

「꿈의 열쇠La Clef des Songes」. 같은 제목의 그림만도 몇 개 더 되는 것 같은데, 1927년판이 내 푼크툼이다.

1927년판 「꿈의 열쇠」는 네 개의 액자를 닮은 격자로 나누어져 있고, 각각의 격자 안에는 그림과 단어가 하나씩 들어 있다. 왼쪽 위에서부터 시계방향으로 하늘-새-스펀지-탁자라고 쓰여 있다.

1928년부터 1930년까지 파리에 체류하는 동안 마그리트는 유독 그림 속에 단어를 넣은 그림들을 많이 그렸다. 그중, 이 그림은 '내게' 특별하다. 그리하여 '나의' 푼크툼이 된다.

그는 주로 이미지에 올바르지 않은 이름들을 붙였다. 가방을 닮은 이미지를 그려 놓고 그는 태연하게 '하늘Le ciel'이라는 단어를 그 아래에 배치한다, 마치 기표와 기의의 부착이 얼마나 연약한지 보여주려는 고집스러운 야심이라도 지닌 듯. 하지만 1927년 「꿈의 열쇠」에선 오른쪽 아래 스펀지에서 말과 이미지(Les mots et les images)가 행복하게 일치한다. 나는 또 한 번 답을 얻을 수 없는 질문을 한다. "왜 하필 스펀지에서 이미지와 말이 행복하게 화해하는가?" "스폰지가 뭘래?" 아무도 답할 수 없는 질문, 하여 푼크툼이 되고 마는 그림.

사족이겠으나 1930년판, 같은 제목의 그림에선 한 번도 말과 이미지가 만나지 못한다. 1930년판 「꿈의 열쇠La Clef des songes」에는 왼쪽 위에서부터 시계방향으로 아카시아-달-천장-사막-비바람-눈[主]이라는 단어가 붙어 있고 역시 왼쪽 위에서부터 시계방향으로 달걀-구두-불이 붙어 있는 양초-망치-투명한 유리잔-검은 모자의 이미지가 배치되어 있다. 해서 오른쪽 중앙의 격자 안에선 양초의 이미지와 천장이라는 문자가 만난다, 아니 만나지 못한다. 그렇게 1930년작에선 아무도 만나지 못한다.

Et In Arcadia Ego(아르카디아에도 나는 있다)

어디서부터 이 이야기를 시작할까? 먼저 그림부터 시작해야 이해가 빠르겠다. 니콜라스 푸생^{Nicolas Poussin}이라는 화가의 1638~40년 작품, 동명의 그림을 보라.

읽어내기 쉽지 않지만 목동들이 가리키는 석관에 이 라틴어 문장이 적혀 있다고 한다.

Et In Arcadia Ego.

이 문장은 "'나(죽음)'는 아르카디아(이상향)에도 있다."로 번역할 수 있다고. 천국에도, 그러니까 가장 행복하고 즐겁기만 해야 할 곳에도 죽음이 있다는 이야기. 죽음을 잊지 말라는 Memento Mori의 에둘러 말하기.

나는 이 문장을 2018년에 발표한 『보르헤스에 대한 알려지지 않는 논쟁』에 실린 글인 「여섯 개의 모래시계」에도 차용-인용-도둑질했더랬다. 주인공의 왼쪽 팔 상완십두근 표피에 심은 문신으로. 나는 문신을, 변하

니콜라스 푸생, 「Et In Arcadia Ego」(1638~40)
내게 이 문장을 새로이 각인시켜 준 건 코맥 매카시의 소설 『핏빛 자오선』이다.

지 않는 무언가를 신체화-시각화하려는(해서 문신이야말로 꼭 남에겐 보여줄 필요가 없는 액세서리인 거다) 부질없는(어떻게 인간이 변하지 않을 수 있겠는가!) 욕망-의지라고 해석한다.

이 문장이 내게서 쉽게 지워지지 않는 건, 내가 죽음에 대한 공포-경각심을 유난히 민감하게 느껴서도 아니고, 푸생의 그림을 좋아해서도 아니다. 내게 이 문장을 새로이 각인시켜 준 건 코맥 매카시^{Cormac McCarthy}의 소설『핏빛 자오선^{Blood Meridian}』이다.

미국 소설가 코맥 맥카시의 작품이라면『The Road』도 멋지고『노인을 위한 나라는 없다^{No country for old men}』도 훌륭하지만, 내게 최고는 단연『핏빛 자오선』이다.『노인을 위한 나라는 없다』의 악인, 시거도 인상적이었지만, 이 소설에 나오는 악의 화신, 판사에는 미치지 못한다. 수많은 짧은 이야기들과 뜬금없는 묘사들이 범벅이 된, 폭력으로 물든 서사시를 이끌어가는 놀라운 악인. 하드보일드의 원조라 할 수 있는 대실 해밋^{Samuel Dashiell Hammett}에 비기자면『노인을 위한 나라는 없다』는『말타의 매^{The Maltese Falcon}』에,『핏빛 자오선』은『피의 수확^{Red Harvest}』에 비길 수 있을 듯. 참고로 SF 작가 필립 딕의 소설들을 영화화해 쏠쏠하게 재미를 봤던 리들리 스콧 감독이 영화화하려다 너무 폭력적이어서 포기했다고.

늘 그렇듯 잡설이 길었다. Et In Arcadia Ego, 이 문장은『핏빛 자오선』속의 전무후무한 악인, 판사의 은제 권총 가늠쇠 아래 새겨져 있는 문장이다. 죽음을 만드는 기계에 새겨져 있는 문신으로 이보다 더 적절한 문장을 당신을 찾아낼 수 있겠는가?

푼크툼이 주는 즐거움, 스투디움이 주는 즐거움

지난번 글에서 나는 바르트의 『밝은 방』에서 가져온 푼크툼, 스투디움이란 개념을 소개했더랬다. 이 난해한 책의 가장 핵심적인 개념을 간단히 소개하겠다는 것 자체가 무모한 일이겠지만, 다시 한 번 나의 오독을 정리해 보자. 스투디움은 코드화된 정보-교양 혹은 어떤 감정적인 요소를 주려는지 아주 명확해 보이는 그 무엇. 푼크툼에 달아주고 싶은 수식구는 '코드화되지 않은', '갑자기 찌르는', '이름붙이기 쉽지 않은'.

나는 푼크툼을 '왜?'라는 질문에 쉬이 대답할 수 없는 매혹-즐거움-당혹스러움-갑작스러운 찔림이라고 오독한다. 왜 내가 이 사진 혹은 그림에 매혹되는지 쉽게 설명할 수 없는. 노자의 『도덕경道德經』에서 유령처럼 출몰하는, 쉽게 붙잡히지 않는 '도'라는 개념과 닮은 데가 있는.

설명할 수 있는 도는 영원한 도가 아니요, 부를 수 있는 이름은 영원한 이름이 아니다(道可道 非常道 名可名 非常名).

책 속의 그림. 가브리엘 바질리코, 「팔레르모, 이탈리아」(왼쪽)와 발튀스, 「거리」

이 사진과 그림에 대해 더 이상 설명하지 않겠다. 설명하면 할수록 그것들은 나를, 또 당신을 찌를 수 없도록 뭉툭해질 테니.

각설하고 내게 푼크툼 같은 그림 하나, 사진 하나를 소개하겠다. 첫 번째 그림은 발튀스^{Balthus}의 「거리$^{La Rue}$」(1933~1935). 또 다른 푼크툼은 이탈리아의 사진작가 가브리엘 바질리코$^{Gabriele Basilico}$의 「팔레르모, 이탈리아」(1988). 이 사진과 그림에 대해 더 이상 설명하지 않겠다. 설명하면 할수록 그것들은 나를, 또 당신을 찌를 수 없도록 뭉툭해질 테니. 아니, 그래도 그냥 지나가자니 너무 서운하다. 대신, 내가 바질리코의 사진집을 처음 본 뒤 일기장에 남겼던 말을, 여전히 그 진의^{眞意}가 가물가물한 부스러기를 옮겨본다.

　　인간의 부재가 불러일으키는 유일하고도 어쩌면 '진정한'이라고 부를 수 있을지 모르는 인간에 대한 갈증. 그 통로로서의, 혹은 그 부재 혹은 그 부재 증명으로서의 창문들.

다시 한번 바르트로 돌아가면 그는 『s/z』에서 아름다움은 진정으로 설명할 수 없는 것이라고 했다. 그렇다면 결국엔 미란 비교-참조될 수밖에 없는 것. 그럼, 도대체 내 마음-기억-영혼 속 어떤 풍경이 이 이상한 농네 그림을, 사람이 없는 건물 사진을 내게 특별한 무엇이 되게 하는 걸까?

조금만 더 사족을 붙이자. 푼크툼만이, 설명될 수 없는 것만이 아름다운 것은 아니다. 20세기 최고의 지성만 봉직할 수 있는 직업인 도상해석학자(나는 자주 도상해석학자^{Iconographist}와 성상 파괴자^{Iconoclast}를 헷갈려 한다.

하긴 그들은 미의 대상을 때려 부수고 해체한다는 점에서 똑 닮았다) 중 하나인 에르빈 파노프스키$^{\text{Erwin Panofsky}}$의 『도상해석학연구$^{\text{Studies in Iconology}}$』를 보라. 그는 미를 잘게 잘게 부순다. 푼크툼에게 여간해서 자리를 내줄 생각이 없다. 이 책의 수술대에 오른 문제의 그림을 보라!(재봉틀과 우산이 아니라 그림을!)

이 책에서 이 독일의 지성은 브론치노의 이 그림을 말 그대로 무자비하게 난도질한다. 그림의 모든 요소는 낱낱이 읽히고 해석된다. 아주 아주 조금만 맛보기로 보여주자. 노란 테두리에 갇힌 소녀('사기^{詐欺}'를 상징한다고)에 대한 작가의 이야기.

……오른팔에 달린 손, 즉 벌집을 쥔 손은 실제로는 왼손이며, 반대로 왼팔에 달린 손은 실제로는 오른손이다. 그러므로 그녀는 '선한' 손으로 보이지만 실제로는 '악한' 손으로 달콤함을 제공하는 한편……

하지만 이 또한 또 즐거우니, 푼크툼이 주는 즐거움과 스투디움이 주는 즐거움은 분명 다르다. 다르긴 하되, 그 다른 방식으로 여전히 즐겁다.

아놀로 브론치노, 「비너스와 큐피드」(16세기)

「그랑드 자트 섬의 일요일 오후」와 「그랑드 자트 섬」

—부재가 선물하는 슬픔 혹은 매혹

안타깝게도 31살이라는 젊은 나이에 요절한 조르주 쇠라^{Georges Seurat}의 설명이 필요없는 그림 「그랑드 자트 섬의 일요일 오후^{Un dimanche après-midi à l'Île de la Grande Jatte}」(1884~1886)는 시카고 아트 인스티튜트에 있단다. 쇠라 그림이 주는 매력은 잘 알려진 기법상의 혁신-분할 묘법에 있기보다, 그의 그림 속에 떠다니는 인물의 상투적인 포즈, 상투적인 배치(동작적인 측면에서든, 배치의 측면에서든, 여하튼 자연스럽지 않은)가 만들어내는 비현실적인 정지의 울림에서 오는 것이라고 생각한다.

특히 이 작품과 또 다른 초기 걸작 「아니에르에서의 물놀이^{Bathers at Asnières}」(1883~1884)에서, 그림 속의 인물들의 비현실성은 하나의 절대적인 타자성(마치 루소의 「인형을 가진 어린이」 속에 나오는 어린이나 「축구하는 사람들」의 미친 유니폼 남자처럼 말이다)을 획득한다. 실재계에 존재하는 사람이 아니고, 그림도 아닌 그 무엇. 다른 화가의 그림 속 인물이 될 수 없는 그 무엇. 묘하게 정지된 것 같은, 응축된 것 같은 그 무엇. 그

조르주 쇠라, 「그랑드 자트 섬의 일요일 오후」(1884~1886)

쇠라 그림이 주는 매력은 그의 그림 속에 떠다니는 인물의 상투적인 포즈, 상투적인 배치가 만들어내는 비현실적인 정지의 울림.

런 단계에 닿게 하는 추동력으로서의 그 인물들의 뻣뻣함, 혹은 기계적인 배치, 해서 그냥 단순히 줄여 상투성. 보르헤스의 멋진 비유가—책들은 세계의 거울이 아니라 세계에 새로 덧붙여진 어떤 무엇이라는 것—잘 어울리는 놀라운 인물들. 후기 작품에 가면, 이를테면 「서커스Le Cirque」(1891)에서는 그런 상투성이 좀 더 전진하여, 비현실성을 넘어, 초현실주의를 지나, 팝아트Pop-art에 닿은 것처럼 보일 정도이다.

하지만 나의 이 지루한-조악한-어설픈 해석의 시도를 싹 잊게 만드는 놀라운 그림이 또 있다. 뉴욕에 있다는 같은 화가의 다음 그림을 보라. 「그랑드 자트 섬Paysage, l'Ile de la Grande-Jatte」(1884).

「그랑드 자트 섬의 일요일 오후」와 함께 짝을 지어 두었을 때 비로소 폭발성을 띠게 되는 작품, 「그랑드 자트 섬」. 이 설명하기 힘든(혹은 설명되고 싶지 않은) 대조! 다들 어디로 간 건가? 사람들이, 원숭이가, 강아지가, 양산들이 싹 실종된 이 섬의 절대적인 부재. 시간이 달아난 듯한 풍경. 있던 것이 없어지고 난 후에 얼어 버린 시간. 그러고 나자 비로소 너무나 단단해져 버리는 풀밭 위의 그림자.

「그랑드 자트 섬의 일요일 오후」와 「그랑드 자트 섬」. 모든 설명들을 감금시키는 이 매혹적인 대조.

그래도 사족은 계속되어야 하지 않겠는가? 영국의 미술-사진 평론가이자 소설가 존 버거의 소설 『A가 X에게From A to X』에게서 주운 다음 부스러기.

조르주 쇠라, 「그랑드 자트 섬」(1884)

다들 어디로 간 건가? 사람들이, 원숭이가, 강아지가, 양산들이 싹 실종된 이 섬의 절대
적인 부재. 시간이 달아난 듯한 풍경. 있던 것이 없어지고 난 후에 얼어 버린 시간. 그러
고 나자 비로소 너무나 단단해져 버리는 풀밭 위의 그림자.

부재가 무라고 믿는 것보다 더 큰 실수는 없을 거예요. (……) 무는 처음부터 없는 것이고 부재란 있다가 없어진 거예요. 가끔씩 그 둘을 혼동하기 쉽고, 거기서 슬픔이 생기는 거죠.

그리하여, 우리는 「그랑드 자트 섬」에서 절대적인 부재^{不在}를 본다, 절대적인 무^{無}가 아니고. 있다가 없어진 것, 그것이 혹은 그것의 빈자리가, 그것이 있었던 자리가, 그것이 있었던 기억이, 그것의 아련한 알리바이가 주는 슬픔 혹은 매혹.

요한 대 요한

언젠가 이 책 어딘가에서 보르헤스의 소위 '뒤늦게 창조되는 선구'를 언급하면서, 예수가 없었더라면 요한이 무슨 의미가 있겠냐는 투의 말을 했더랬다. 말이 나온 김에 요한에 대한 그림들 몇 장. 이야기 마지막에 삼천포로 빠지는 일을 방지하기 위해 이번엔 아예 시작부터 샛길로 빠져보자.

원래 이야기하려 했던 세례자 요한^{John, the Baptist} 대신 우선 사도 요한^{John, the Apostle}이 가리키는 샛길로. 그리하여 완성되는 구도: 요한 대 요한. 사도 요한 대 세례자 요한.

너무나 유명한 그림, 레오나르도 다빈치^{Leonardo daVinci}의 작품, 「최후의 만찬^{La Ultima Cena}」(1495~1497)을 보라! 노란 동그라미 안의 남자가 바로 사도 요한이다. 그의 오른쪽에는 차례로 예수의 이쁨을 역시 듬뿍 받았던 베드로와 다른 도상에서는 자주 배신의 색-노랑색 옷을 입고 출연하는 유다가 비스듬히 앉아 있다.

레오나르도 다빈치, 「최후의 만찬」(1495~1497)

사도 요한 오른쪽에는 차례로 예수의 이쁨을 역시 듬뿍 받았던 베드로와 다른 도상에서는 자주 배신의 색-노랑색 옷을 입고 출연하는 유다가 비스듬히 앉아 있다.

오딜롱 르동, 「순교자의 잘려진 머리」(1877)

그의 원색들이 화려한 건 사실이지만, 흑과 백으로만 만들어 낸 그의 단색 드로잉들도 가끔은 마술적이다. 시간이, 색깔이, 공기가 갑자기 정지하는 침묵의 찰나!

예수가 살아 있는 동안 사도 요한은 수많은 그림에서 열두 사도 중 가장 어린 꽃미남으로 나온다. 하지만 예수가 유독 사랑했던 우리의 꽃미남 막내 사도는 노년에 파트모스 섬에 유폐되어, 대하공포서사시 「요한묵시록」을 집필한다. 독일의 화가 뒤러Albrecht Dürer가 「요한묵시록」을 주제로 하여 만든 16판의 목판화 중 하나를 보면, 어느새 젊음이 실종되어 버린 요한이, 천사가 건네주는, 입엔 꿀같이 달고 배엔 쓴 작은 책을 삼키고 있다. 역시 「요한묵시록」은 뒤러의 판화집과 함께 읽어야-보아야 제맛이다.

자, 오래 헤맸다. 세례자 요한으로 돌아와 보자. 처음부터 이야기하고 싶었던 바로 그 두 그림. 젊은 요한도, 노년의 요한도 아닌 사후의 요한, 정확히 말하면 잘려진 요한의 목에 대한 그림. 성인聖人의 온갖 뒷얘기가 실려 있는 『황금전설Legenda sanctorum』 125장에 의하면 헤롯 대왕의 아들 헤롯 안티파스가 자신의 동생의 아내인 헤로디아를 빼앗아 아내로 삼자, 세례자 요한이 공개적으로 비난한다. 그러자 헤롯이 자신의 성대한 생일연회에 헤로디아의 딸에게 춤을 추게 하고, 지역의 유지들-셀럽들 앞에서 그녀가 원하는 것은 무엇이든 들어주겠다고 맹세를 하고, 섹시 댄스를 성황리에 마친 딸은 처음부터 계획되었던 대로 요한의 목을 원한다. 이까지가 성경 속 막장 드라마.

그리고 그림들. 우선 색채의 마법사, 파랑 빨강 노랑 등의 원색을 풍성하게 쓸 줄 알았던 화가 르동Odilon Redon의 단색 드로잉 「순교자의 잘려진 머리Tête de martyr sur une coupe」. 그의 원색들이 화려한 건 사실이지만, 흑과

귀스타브 모로, 「L'apparition」 (1875)

L'APPARITION

백으로만 만들어 낸 그의 단색 드로잉들도 가끔은 마술적이다. 시간이, 색깔이, 공기가 갑자기 정지하는 침묵의 찰나!

그리고 지난번 꼭지에서 잠깐 언급했던 루오의 스승 모로^{Gustave Moreau}의 그림. 잠깐, 그림 전에 이 일화부터. 이 남자도 루오에게 다음과 같은 독설 아닌 독설을 퍼부었더랬다.

> 다행스럽게도 자네는 최소한, 가능한 한 늦게까지 성공을 거두지 못한 화가로 남아 있다. 그렇게 해서 자네는 제약을 받지 않고 자기 자신을 보다 완전하게 표현해 낼 수 있는 것이다.

스승의 잔인한 말을 넘기고, 상징주의자의 시조로 불리는 그의 화려한 그림을 보라. 제목이 L'apparition이다. 파리에 있는 모로 미술관에서 직접 찍은 사진이다. 한글로 번역할 땐 환영^{幻影}이란 말이 가장 잘 어울리는 듯. 헤로디아의 딸이 공중을 가리키고 있고, 거기에 아마도 세례자 요한의 것일 목이 떠 있다.

다른 그림에서도 마찬가지지만 모로의 그림에서 가장 멋진 부분은 배경이다. 배경에 새겨진 이교도 문양의 음각들과 그 음각들 안에 갇혀 있지 않고 자유로이 배회하는 색채들. 다시 한번 말하지만 설명하기 힘든 아름다움, 그저 간신히 입을 떼어 묘사하고 간신히 공통점만 끄집어 낼 뿐인.

셀피의 홍수는 무엇을 의미하는가?

—뒤러와 쿠르베와 피터 블레이크의 경우

바야흐로 셀피Selfie가 흘러 넘치는 시대다. 어떤 방식으로든 사진 찍히는 게 싫은 나로선 도무지 이해하기 힘든 이 현상을 어떻게 읽어야 하는 걸까? 일인미디어라는 새로운 테크놀로지가 만든 현상?(하긴 사상이나 정치 체제보다 테크놀러지가 인간의 행동양식을 규정하는 시대가 진즉 왔다. 22대 국회의원 선거보다 블루투스 와이어리스 이어폰이 우리의 삶을 더 잘 규정하고 있는 '멋진 신세계'에 우리는 이미 도달해 있다.) 나르시즘의 홍수?(21세기는 바야흐로 자기애自己愛 폭발의 시대인 건가?) 혹은 이 현상을 리즈만David Riesman이 『고독한 군중The Lonely Crowd』에서 말한 타자 지향의 시대에 자신이 타인에게 어떻게 비칠지 염려하는-주시하는-감시하는 외재화된 눈으로 읽어야 할까?

셀피의 해석은 젖혀두고, 셀피의 할아버지, 자화상(自畵像, Self-portrait)에 대해 얘기해 보자. 잠깐! 그전에, 우선 오스카 와일드Oscar Wilde가 『도리안 그레이의 초상The Picture of Dorian Gray』에서, 폴 발레리Paul Valéry가 『드

귀스타브 쿠르베, 「안녕하세요, 쿠르베 씨」(1854)

화가의 자의식이 본격적으로 흘러넘치는 19세기 작품. 화가의 후원자와 하인이 오른쪽에 거만하게 허리를 젖힌 쿠르베에게 경의를 표하고 있다. 화가는 단순한 '창조자'가 아니라 '존경받는', 혹은 '부(富)라는 멸시할 만한 미덕을 넘어서는' 창조자로 격상된다.

가, 춤, 데생Degas, Danse, Dessin』에서, 줄리언 반스Julian Barnes가 『플로베르의 앵무새Flaubert's Parrot』에서 했던 말을 차례로 인용해 본다. 어쩌면 자화상이라는 장르에 반하는 부스러기들.

예술을 드러내고 그 창조자를 감추는 것이 예술의 목적이다.(To reveal art and conceal the artist is arts' aim).

한 작품을 끝낸다는 것은 제작 과정을 보여주거나 암시하는 모든 것을 없애는 데 있다. (……) 그래서 작업이 작업의 흔적을 지울 때까지 노력해야 한다.

예술가는 신이 자연에서 드러나지 않듯 그의 작품에 드러나서는 안 된다.

그렇다면, 오스카 와일드와 발레리, 줄리언 반스까지의 말을 따르자면, 자신의 얼굴을 그리는 자화상이란 작업은 그야말로 예술의 본질에서 벗어난 행위가 아닐까? 나는 셀피를 찍지도 사화상을 그리지도 않으니 변명할 필요가 없겠다. 대신, 28살 생일을 맞은 알브레히트 뒤러Albrecht Dürer가 자신을 그린 1500년의 자화상을 보라. 뒤러의 자화상은 이 말고도 16살의 자화상과 20살의 자화상이 있다. 20살의 자화상에도 작은 문장을 남겨, 이 그림이 자신을 그린 것이라는 걸 분명히 밝히고 있다.

피터 블레이크, 「안녕하세요, 호크니 씨」

이제 바야흐로, 잘 나가는 화가들의 세상이다. 그들은 이제 부(富)로부터 존경받는 '창조자'에서 '부'마저 거머쥔 시대의 아이콘이 된다. 그렇게 따뜻하고 관대한 캘리포니아의 태양 아래.

이 시대 막 르네상스가 상륙한 유럽의 자화상은, 화가가 단순히 부자-권력자가 주문한 그림을 그리는 '제조자'에서 자신이 스스로 자신이 그리는 방식을, 심지어는 그리는 대상을 선택할 수도 있는 '창조자'로 변화하는 과정을 드라마틱하게 보여주는 결과물로 나는 읽는다.

그리고 화가의 자의식이 본격적으로 흘러넘치는 19세기 작품. 귀스타브 쿠르베Gustave Courbet의 「안녕하세요, 쿠르베 씨Bonjour Monsieur Courbet」(1854).

여기서는 한 발 더 나아가서, 화가의 후원자와 하인이 오른쪽에 거만하게 허리를 젖힌 쿠르베에게 경의를 표하고 있다. 화가는 단순한 '창조자'가 아니라 '존경받는', 혹은 '부富라는 멸시할 만한 미덕을 넘어서는' 창조자로 격상된다.(아니, 격상한다. 쿠르베에 의해 억지로)

자 마지막 그림, 이 그림은 영국의 팝아티스트Pop artist인 피터 블레이크Peter Blake가 쿠르베의 그림이 그려진 지 100년이 좀 지난 후에 그린 「안녕하세요, 호크니 씨Have a nice day, Mr. Hockney」란 그림이다. 쿠르베의 자리는 데이비드 호크니David Hockney라는 영국 화가로, 후원자 브뤼아스의 자리는 그림을 그린 피터 블레이크Peter Blake로, 하인의 자리는, 또 다른 영국 화가 하워드 호지킨Howard Hodgkin으로 대치된다. (내가 가진 화집과 Tate 미술관 웹페이지의 설명은, 그림 속 인물의 신원이 다르다. 나는 습관적으로 종이를 화면보다 더 신뢰하는 내 오래된 버릇을 고수한다, 여기서도) 이제 바야흐로, 잘 나가는 화가들의 세상이다. 그들은 이제 부富로부터 존경받는 '창조자'에서 '부'마저 거머쥔 시대의 아이콘이 된다, 그렇게 따뜻하고 관대한 캘리포니아의 태양 아래.

러시아 인형, 세 번째 이야기

—물고기 속의 물고기, 책 속의 그림 속의 책 속의 그림

러시아 인형 세 번째 이야기의 첫 번째 그림은 피터 브뤼겔의 초기 드로잉, 「Big Fish Eat Little Fish」로 시작해 보자. 물고기 속의 물고기 속의 물고기. 수많은 사람과 괴물들과 사물들로 캔버스를 꽉꽉 채우는 그의 유화들도 매력적이지만(「The Fight between Carnival and Lent」나 「The Fall of the Rebel Angel」이나 「The Triumph of Death」의 자잘한 디테일은 관객을 얼마나 숨막히게 만드는가!), 이 초기 드로잉 역시 쉽게 눈을 뗄 수가 없다.

다음 그림은 아주 긴 제목의 그림이다. 이샤이 후시드만^{Yishai Jusidman}의 「J. N., 의욕감퇴와 인지감정 능력저하를 동반한 두개골-뇌수의 트라우마와 연관된 기질적 정신분열병 환자, 벨라스케스의 「불카누스의 대장간」과 함께」(1998). 우선 그림부터 보라. 한 두세 명은 죽여 뒤뜰에 묻었다 해도 별 이상하지 않을 것 같은 남자가(남자에겐 얼굴이 아니라 표정만이 존재하는 것 같다) 책 한 권을 무릎 위에 펼쳐 놓고 있다.

그 마술적인 순간으로 돌아가 보자. 나는 『리딩 아트^{Reading art}』라는 책

피터 브뤼겔, 「Big Fish Eat Little Fish」(1556)
물고기 속의 물고기 속의 물고기. 수많은 사람과 괴물들과 사물들로 캔버스를 꽉꽉 채
우는 그의 유화들도 매력적이지만, 이 초기 드로잉 역시 쉽게 눈을 뗄 수가 없다.

책 속의 그림. 이샤이 후시드만의 「J. N., 의욕감퇴와 인지감정 능력저하를 동반한 두 개골-뇌수의 트라우마와 연관된 기질적 정신분열병 환자, 벨라스케스의 「불카누스 의 대장간」과 함께」(1998)

그림 속 남자는 제목을 알 수 없는 책을 들고 있었고, 그 책 속엔 다시 벨라스케스의 「불 카누스의 대장간」라는 그림을 들고 있었다. 그리하여 완성되는 책 속의 그림 속의 책 속의 그림. 그 마법의 순환. 매혹적인 러시아 인형.

을 읽고 있었고, 그 책 안에는 위에 언급한 아주 긴 제목의 그림이 있었고, 그림 속 남자는 제목을 알 수 없는 책을 들고 있었고, 그 책 속엔 다시 벨라스케스Diego Velázquez의 「불카누스의 대장간La Fragua de Vulcano」이라는 그림을 들고 있었다(어렴풋이 비너스와 마르스의 간통을 불카누스에게 알려주는, 붉은 가운을 입은 아폴로가 보인다). 그리하여 완성되는 책 속의 그림 속의 책 속의 그림, 그 마법의 순환. 매혹적인 러시아 인형.

사족을 달자! 사족이 없다면, 어떻게 '사'(蛇? 혹은 思?)가 존재할 수 있겠는가? 이렇게 긴 제목의 그림이 또 하나 떠오른다. 짧게 줄여서 흔히 「Snow Storm」이라 불리는 J.M.W 터너의 풍경화; 「Snow Storm - Steam Boat off a Harbor's Mouth Making Signals in Shallow Water, and Going by the Lead. The Author was in this Storm on the Night the Ariel Left Harwick」. 터너는 실제 이 폭풍 속에서 항해를 했다고 하는데, 이 긴 제목은 자신의 알리바이를 증명하려는 몸부림 정도로 읽힌다.

자, 마지막으로 책 한 권을 던지면서 이 이야기를 마무리 짓자. 조르주 페렉Georges Perec의 『어느 미술애호가의 방Un cabinet d'amateur』. 내가 읽었던 작가의 책들 중에 가장 유쾌했던 책. 그의 다른 책들이 하나의 거대한 실험을 위해 웅장하게-진지하게-쓸데없이 꼼꼼하게-혹은 강박적으로 이야기를 끌고 간다는 느낌을 준다면, 이 책은 어깨에 힘을 쫙 빼고 자신이 좋아하는 것을 장난스럽게 끌고 간다는 느낌. 거기다가 결말이 주는 충격도 즐겁다. 이 책 역시 그림 속의 그림에 대한 이야기다. 책과 그림이 콜라보해서 만드는 또 하나의 러시아 인형. 마지막 러시아 인형.

그 순간 그들은 놀라움과 경이로움에 사로잡히게 될 것이다. 왜냐하면 퀴르트가 그림 『어느 미술애호가의 방』 속에 또 하나의 『어느 미술애호가의 방』을 그려 놓았기 때문이다.

현대미술
—자신만의 빌보케를 만들 것!

르네 마그리트의 1927년 작품 「비밀 경기자Le Joueur Secret」를 보라. 이 그림 속에 등장하는 장식적인 모양의 기둥을 마그리트는 빌보케라고 불렀다. 이 빌보케는 마치 한국 깡패 영화에 등장하는 욕설처럼 혹은 담배처럼, 마그리트 그림의 대표적인 단골손님, 혹은 클리셰가 되었다. 이 빌보케가 무엇을 의미하는지는 묻지 말자. 마그리트는 아래 인용처럼 대중의 집요한 해석–설명 요구에 진저리를 쳤다.

회화를 접하면서 사람들은 무슨 생각을 해야 할지 모르기 때문에 곤경에서 벗어나기 위해 의미를 찾게 된다. (……) 사람들은 편안해지기 위해 의지할 만한 것을 원한다. 안전하게 매달릴 만한 것은 원하고 그렇게 하여 공허함에서 자신을 구할 수 있다.

그가 제안한 것처럼, 공허 속에서 우리를 구하지 말고 내버려두자!

르네 마그리트, 「비밀 경기자」(1927)

이 그림 속에 등장하는 장식적인 모양의 기둥을 마그리트는 빌보케라고 불렀다. 이 빌보케는 마치 한국 깡패 영화에 등장하는 욕설처럼 혹은 담배처럼, 마그리트 그림의 대표적인 단골손님, 혹은 클리셰가 되었다.

자, 현대미술에 대한 얘기로 돌아오자. 지금, 여기, 너무나 많은 그림들이 혹은 화가들이 학교에서, 들판에서, 우중충한 뒷골목에서 쏟아져 나온다. 거기서 살아남는 것이, 거기서 자신만의 빌보케로 대중들에게, 혹은 미술상들에게 기억되는 것이 중요하다는 건 두말할 나위 없겠지만 그게 말처럼 호락호락한 일이겠는가!

사실 현대미술은 시대에 역행한다. 다른 예술-오락의 형태는(이 경계는 얼마나 쉽게 허물어지고 있는지, 거대한 상업자본의 절대명령 앞에서—팔아라, 무엇이든 팔아라!) 발터 벤야민이 일찍이 예견했듯이 기계 복제가 가장 흔한 유통의 형태다. 책이 그렇고, 영화가 그렇고, 음악이 그렇다. 하지만 그림만은 여전히 Originality가 중요하다. 해서 위작 논쟁이 끊이지 않는 것이고, 혹은 해서, 역설적으로 가격이 천정부지로 솟구치는 것이다.

하지만, 그렇다고 해서 자신만의 빌보케를 만드려는 현대미술가들의 노력을 일방적으로 폄하하고 싶은 마음은 없다. 물론 '무반성적으로', 한 번 팔린 빌보케를 기계적으로, 영혼 없이 재생산하는 것은 싫지만. 자신의 경계-준거를 다시 부서뜨리지 못하면 상업적으로는 여전히 가치가 있을지 모르지만, 예술로서의 가치는 떨어지는 게 아닐까? 내가 그닥 좋아하지 않는 화가 프란시스 베이컨Francis Bacon은 다음과 같이 말했다. 그의 말이 그의 그림-작업에 얼마나 철저히 작용했는지는, 글쎄올시다, 이지만 말이다.

내 작업의 반은 내가 쉽게 할 수 있는 것들을 깨는 데 있다.

책 속의 그림. 보테로가 벨라스케스의 「시녀들」의 그림을 자신의 방식으로 다시 그림(1978)

책 속의 그림. 장샤오강이 그린 중국인 가족사진

나는 나쁜 빌보케의 예로(혹은 타인의 빌보케를 나쁜 방식으로 바라보는 예로) 앤디 워홀^Andy Warhol이 리히텐슈타인의 그림을 보고 (혁신적인 빌보케인 망점網點으로 뒤덮인) 했다는 말을 언급하고 싶다. 마치 빌보케가 삼성과 애플의 특허 분쟁처럼 느껴지게 하는 앤디 워홀의 이 천박한 문장.

'왜 나는 저 생각을 못했지.' 하는 생각이 들었다.

자, 이쯤 하고, 현대미술들의 빌보케를 검토해 보자. 쉬르레알리슴을 지나, 추상표현주의를 지난 현대미술의 주요한 경향 중 하나가 나는 자신만의 빌보케를 획득하려는 미술가들의 몸부림이라 생각한다, 그것도 인체 혹은 인간의 얼굴을 변형하여 획득하는 빌보케. 쉽게 말하면, 어떤 화가가 얼굴을 그렸는데, 딱 보자마자, 이건 누구누구가 그린 거잖아! 하고 알아볼 수 있는 그런 단계에 오르려는 노력들. 그중 내가 성공했다고 생각하는 화가들의 몇몇 그림들. 우선은 콜럼비아 출신 화가 보테로^Fernando Botero의 그림부터.

눈 밝은 분이라면 당장 알아보셨으리라. 두 인물은 벨라스케스의 「시녀들^Las Meninas」에 나오는 공주와 난장이를 보테로가 자신의 방식으로 1978년에 다시 그린 것이다. 그는 뚱뚱한 사람들을 그린다. 혹은 뚱뚱하지 않은 사람들을 뚱뚱하게 그린다. 나는 이 화가에게 왜 뚱뚱하게 그리냐고 묻고 싶지 않다. 빌보케는 빌보케다. 화가 자신은 물론, 그의 전속 정신분석가도 쉽게 내주기 힘들 답변.

다음은 중국 현대 화가 장샤오강^{张晓刚}. 중국 현대 화가 중에서 이렇게 얼굴을 왜곡-특징화하고, 다수의 사람들을 좁은 캔버스 안에 꽉꽉 채워 넣는 그림들이 유난히 많다. 웨민쥔^{岳敏君}의 그림도 그렇고 팡리쥔^{方力钧}의 그림도 그렇다. 왜일까? 여튼 그중에서도 유독 끌리는 작가가 바로 장샤오강. 가느다란 붉은 끈으로 이어진 눈 찢어진 동양인의 가족사진은, 이젠 세계적으로 공인된 그의 빌보케가 되었다.

마지막으로 국산 화가-예술가의 빌보케. 천성명의 「그림자를 삼키다 2」(2008). 그의 조각-설치작품에 자주 등장하는 줄무늬 셔츠를 입은 아저씨(나이가 도대체 몇 살일까?)는 최소한 내겐, 창작자를 단박에 알아보게 하는 그의 빌보케다. 역시 이유를 설명하기 힘들지만, 가슴을 후벼파는 인물.

책 속의 그림

─존 테니얼, 귀스타브 도레, 오브리 비즐리

이 지리한 글들의 정체성을 잠시 고민하다 그림 한 장을 만났다. 발레란트 바일란트Wallerant Vaillant의 「마리아 판 오스테르베이크 초상화」. 처음 만나는 이 여자 분은 한 손에 책, 다른 손엔 팔레트를 들고 있다. 그냥 단순히 생각하기로 하다. 내가 쓰고 있는 건 내가 좋아하는 그림과 책들에 대한 이야기라는 것. 어떻게 불리느냐 하는 건, 내 소관이 아니라는 것. 한 고비 넘자, 또 뻗어가는 생각의 꼬리들. 책 속의 그림에 대한 이야기를 해보면 어떨까?

중세의 채식수고까지 가자면 이야기가 너무 길어질 듯하고, 뭐니 뭐니 해도 책 속의 그림 하면 역시 『이상한 나라의 앨리스Alice's Adventures in Wonderland』속 머리 큰 여자애의 창조자 존 테니얼Sir John Tenniel 아니겠는가!

두 편의 앨리스의 모험을 장식하는 존 테니얼의 삽화들 중, 끄집어내 보여주고 싶은 것들은 얼마나 많은지. 인생이 늘 그렇지만, 여기서도 난 선택해야 한다, 딱 한 장의 삽화. 잊을 수 없는 딱 하나의 장면. 7장 미치

존 테니얼, 『이상한 나라의 앨리스』 7장 미치광이들의 티파티에 나오는 삽화
뜻이 통하지 않는 대화들이 지치지도 않고 이어지는 언제나 늘 오후 6시인 기괴한 무대. 미치광이 모자 장수가 여왕 앞에서 아래의 엉터리 노래를 부른 다음부터 시간이 멈춰진 곳.

광이들의 티파티^{A Mad Tea-Party}에서 나오는 장면.

등장인물들을 짧게 소개해 보자. 왼쪽에서부터 앨리스, 3월의 토끼^{March Hare}, 산쥐, 그리고 커다란 모자를 쓰고 있는 미치광이 모자 장수^{Mad Hatter}. 뜻이 통하지 않는 대화들이 지치지도 않고 이어지는(마치, 뜻이 통하지 않게 하겠다는 것이, 대화의 주된 목적이기라도 한 듯) 언제나 늘 오후 6시인 기괴한 무대. 미치광이 모자 장수가 여왕 앞에서 아래의 엉터리 노래를 부른 다음부터 시간이 멈춰진 곳.

> Twinkle, twinkle little bat! 펄럭 펄럭 작은 박쥐
> How I wonder what you're at! 신기하게 날아간다네
> Up above the world you fly 저 하늘 높은 곳에서
> Like a tea-tray in the sky 쟁반처럼 펄럭펄럭

이 시는 우리가 너무 잘 알고 있는 반짝 반짝 작은 별……의 모자 장수 버전이라 하겠다.

존 테니얼이라는 남자는 삽화^{揷畫}라는 존재가, 문자 그대로 책 속에 '끼워 넣은' 그림이라는 존재가, 있어도 좋고 없어도 좋은 거추장스러운 부속물에 불과하다는 오명을 깨끗이 날려버린 인물이다. 삽화가 없는 『이상한 나라의 앨리스』를 어찌 상상하겠는가? 하지만 놀랍게도 삽자가^{揷字家} 루이스 캐롤은 처음 존 테니얼이 창조한 앨리스가 맘에 들지 않았던 모양. 그의 불평을 보라!

"머리는 너무 크고 발은 너무 작습니다."

그 후에도 수많은 화가들이 존 테니얼 경의 영광스러운 자리를 뺏고 싶어했다. 한번 소개한 적 있는 영국의 화가 피터 블레이크 버전의 매드 티 파티를 찾아보도록.

존 테니얼 전에도 삽화를 예술의 경지로 끌어올린 다른 화가가 있었 으니 프랑스의 화가, 판화가 귀스타브 도레Gustave Doré이다. 사실, 삽화가 아닌 그의 그림 중 내 기억에 여전히 거주하고 있는 그림은 한 손가락으 로 꼽을 정도지만, 그의 삽화는 단테Dante Alighieri의 『신곡La Divina Commedia』, 토 마스 맬러리Thomas Malory의 『아서 왕의 죽음Le Morte d'Arthur』, 존 밀턴John Milton 의 『실락원Paradise Lost』, 그리고 신약 구약 성경에서 떼놓기 힘든 존재가 되 어 버렸다.

각설하고, 『신곡』의 마지막 3부, 천국Paradiso 편에 나오는 그의 삽화를 보라. 내가 조류를 그닥 좋아하지 않아서 그런 걸까? 날개 달린 천사들 로 가득 찬 하늘은 장엄하지도 신비하지도 않다. 오히려 실제로 본다면 얼마나 징그러울지. 절대 보고 싶지 않은 광경. 이보다는 차라리 히에로 니무스 보쉬의 지옥이 더 매혹적이지 않겠는가?

자, 마지막으로 오스카 와일드의 희곡, 구약 속 수없이 스쳐가는 비 정상적인 인물들 중 하나일 뿐인 살로메를 팜므 파탈의 시조로 둔갑시 켜 버린 놀라운 단막극 『살로메Salome』의 삽화가 오브리 비즐리Aubrey Vincent Beardsley. 27살에 죽었다는 남자가 그린 삽화는 이 기괴한 작품과 얼마나

오브리 비즐리, 『살로메』

잘 어울리는지! 작가와 화가가 마치 누가 더 그로테스크한 작품을 만들 수 있는지, 내기라도 한 것 같은 모양새다. 다시 한 번 잘려진 세례자 요한의 목에 키스하는 살로메.

그림 속의 책

—마그리트, 미하엘 파허, 필리피노 리피, 그리고 Hortus Conclusus

이번엔 반대로 가보자. 그림 속의 책들. 볼 수 있을 수도 혹은 볼 수 없을 수도 있는 책들, 그림 속의 떡이 아니라 그림 속의 책. 시작은 역시 마그리트로 해야지 않겠는가? 마그리트의 1937년 작품 「불가능한 재현La Reproduction Interdite」을 보라! 이보다 더 나은 제목을 당신은 이 그림에 붙일 수 있겠는가!

이 그림은 마그리트가 그의 친구 에드워드 제임스Edward James를 그린 초상화 중 하나다. 그림 속 오브제도, 두 번이나 반복되는 뒤통수도 다 무시하고 거울 앞 선반에 놓여 있는 책에만 집중하도록 하자. 이 책은, 짧은 이야기를 쓰는 데 있어선 결코 경쟁자에게 왕좌를 내놓을 생각이 없을 에드가 앨런 포의 유일한 장편『아서 고든 핌의 모험The Narrative of Arthur Gordon Pym of Nantucket』이다. 나는 그의 장편을 쓰는 능력이 단편을 짓는 능력에 한참 못 미친다고 생각한다. 보르헤스처럼 그도 장편을 쓰는 어리석은 일은 하지 말았어야 한다.

르네 마그리트, 「불가능한 재현」(1937)

도대체 왜 이 책이 바로 이 그림 속 딱 저 위치에 놓여 있어야 했는지, 나는 모른다. 하지만, 이 책은 내가 읽을 때보다, 이 그림 안에서 몇 배는 더 신비롭다! 포 아저씨, 미안해요.

어쩌면 보르헤스가 『픽션들』에서 흘린 부스러기 "방대한 양의 책을 쓴다는 것은 쓸데없이 힘만 낭비하는 정신 나간 짓이다"는 포를 겨냥한 건지도.

도대체 왜 이 책이 바로 이 그림 속 딱 저 위치에 놓여 있어야 했는지, 나는 모른다. 하지만, 이 책은 내가 읽을 때보다, 이 그림 안에서 몇 배는 더 신비롭다! 포 아저씨, 미안해요.

두 번째는 미하엘 파허Michael Pacher의 「악마가 성 아우구스티누스에게 악의 책을 보여주다」라는 긴 이름의 작품. 그림 속 날개 달린 초록색 악마가 전형적인 꼰대 아저씨처럼 옷을 입고 있는 성 아우구스티누스에게 사람들의 죄를 기록한 책을 보여주는 장면. 『황금 전설Legenda Aurea』에 따르면, 성 아우구스티누스는 악마에게 자신의 죄를 보여달라 요청하여 자신의 죄가 단 한번 종도(마지막 기도) 암송하기를 잊은 게 다라는 걸 알아챈다. 악마에게 양해를 구하고 교회로 달려가 마지막 기도를 바치고 돌아와서 다시 책을 살피니, 자신의 죄가 적혀 있던 페이지가 깨끗해졌다, 악마는 분통을 터뜨리고 말이다. 우리 꼰대 아저씨의 담대함-교활함을 악마는 과소평가했던 게 틀림없다, 필부필녀라면, 악마와 눈도 제대로 못 맞추었을 텐데. 간신이 눈을 맞추고 입을 떼어도, 창피해서 자신의 죄를 보여달라고 할 엄두는 못 낼 텐데.

다음으로는 필리노 리피Filippino Lippi의 「성 베르나르 앞에 나타난 성모의 환영」이란 이름의 그림을 꼽고 싶다. 성인 베르나르Bernard가 어렸을 때 아기 예수의 환영을 보았다는 얘기는 들었지만, 도대체 이 그림에 나와 있는 책들이 무언지는 모르겠다. 그런데 베르나르는 무얼 하고 있는 걸까? 필사를 하고 있는 걸까? 아니면 번역을? 읽을 수 없는 책들에 대한 궁금함. 읽을 수 없기 때문에 더욱 강해지는 절박함. 보티첼리의 얼굴-표정을 닮은 성모는 자신에 대한 숭배에 초석을 닦은 이 성인에게 어떤 이야기를 하고 싶었던 걸까?

그리고 마지막으로 작자 미상의 그림. 흔히 Hortus Conclusus(닫힌 정원)이라고 불리는 이 천국의 도상에서 마리아는 책을 들고 있다. 고백하건대, 나는 아무리 해도 다수의 선한 혹은 따분한 인간들을 수용하는 천국을 제대로 상상할 수 없다. 선한 사람들은 선한-따분한 사람들을 견딜 수 있는가? 실은 선한 사람들을 선한 사람들로 만드는 건, 선하지 않은 인간들이 아니던가? 아르헨티나의 소설가 실비나 오캄포Silvina Ocampo의 『천국과 지옥에 관한 보고서Informe del cielo y del infierno』를 보면, 그녀는 천국과 지옥에 대해 나보다 좀 더 나은 상(像)을 가지고 있었던 듯하다.

> 당신이 천국에 가느냐 아니면 지옥에 떨어지느냐 하는 것은 아주 사소한 것들에 달려 있다. 내가 아는 사람들 중에는 망가진 열쇠나 버드나무 새장 때문에 지옥에 간 사람도 있고, 신문지 한 장이나 우유잔 하나 때문에 천국에 간 사람도 있다.

조류들로 가득 찬 『신곡』의 천국이든, 신문지 한 장으로 갈 수 있는 실비나 오캄포의 천국이든, 내게 시시하긴 마찬가지다. 고작해야 좀 많

작자 미상, Hortus Conclusus

고백하건대, 나는 아무리 해도 다수의 선한 혹은 따분한 인간들을 수용하는 천국을 제대로 상상할 수 없다. 선한 사람들은 선한-따분한 사람들을 견딜 수 있는가? 실은 선한 사람들을 선한 사람들로 만드는 건, 선하지 않은 인간들이 아니던가?

은 숫자의 조류-인간들을(천사라고 불리는) 볼 수 있을 따름이다. 하루 종일 그레고리안 성가를 들어야 한다면 얼마나 또 따분하겠는가! 맛있는 음식도 없고, 남녀 간의 사랑도 없고, 프로그레시브 록도 없다면, 왜 다들 거기에 가야 한다고 난리를 치는 건지. 그리고 거긴 틀림없이 따분한 인간들로 득시글거릴 것이다, 아래 오스카 와일드의 다음 독설을 받아들인다면 말이다.

> 사람을 선악으로 구분하는 것은 어리석은 일이다. 사람은 재미있거나 재미없거나 둘 중의 하나다.(It is absurd to divide people into good and bad. People are either charming or tedious)

게다가, 책도 없다면, 거기는 얼마나 지루하겠는가! 다행히 Hortus Conclusus 그림을 보면 책은 있는 것 같아 안도하게 된다. 하지만, 만에 하나, 천국에는 없는 책들이 없지만(그러면 그건 정말 내 입장에서 볼 때 천국이라 불릴 만하겠다) 성경처럼 모두 히브리어나 그리스어로 쓰여 있다면? 거기야말로 내겐 진정한 의미의 지옥이겠다.

장소의 무력함과 인간의 권능

—르누아르와 로트렉

먼저 다짜고짜 그림 두 장.

첫 번째 그림은 르누아르^{Auguste Renoir}의 「물랭 드 라 갈레트의 무도회^{Bal du Moulin de la Galette}」(1876)이고 두 번째 그림은 로트렉^{Henri Toulouse-Lautrec}의 「물랭 드 라 갈레트의 한 구석^{Au Moulin de la Galette}」(1889)이다.

이미 눈치 채셨겠다, 내가 무얼 이야기하고 싶은지. 카프카는 "나는 장소의 권능을, 아니 더 나은 말로는 인간의 무력함을 믿고 싶네."라고 누군가에게 보내는 편지에 썼지만, 나는 이 그림을 보며 장소의 무력함과 인간의 권능을, 혹은 장소를 압도-왜곡-재창조하는 인간의 시각에 대해 이야기하고 싶다. 그렇다, 그림의 제목에서 알 수 있듯, 이곳은 같은 곳이다. 세기말의 데카당한 분위기를 선도하던 파리의 클럽을 이 두 명의 작가는(한 명은 인상주의^{impressionism}, 그리고 다른 한 명은 후기-인상주의^{post-impressionism}라고 딱지 붙여진) 이렇게 다른 식으로 그린 거다. 똑같은 이름의 다른 클럽이 있었던 걸까? 아니면 같은 클럽의 강남 지점과 강북

피에르 오귀스트 르누아르, 「물랭 드 라 갈레트의 무도회」(1876)

도공의 아들로 흙수저를 물고 태어난 르누아르는 어려서부터 재능을 인정받아 '이쁜' 그림들을 지치지도 않고 만들어낸다. 이렇게 얘기하면 르누아르 팬들이 분노하겠지만 정말 달력 표지에 어울릴 만한 '이쁜' 그림들을 그는 지치지도 않고 만들어냈다.

지점처럼 다른 분점이 있었던 걸까? 아니면 13년의 시간 동안 클럽이 카바레로 변한 걸까? 아니, 나는 이 서로 다른 출생 배경을 가진 두 화가가, 다시 말하지만 인간의 권능을 최대한 발휘해 같은 곳을 완전히 다른 곳으로 재창조한 것으로 믿고 싶다. 그 편이 아름답다. 마치 내가 가우디 Antoni Gaudi가 만든 사그라다 파밀리아 Sagrada Familia에서, 성당이란 곳이 신의 권능을 느끼기 위해 만들어진 장소임에도 불구하고, 신에 대한 경배심은 순식간에 사라지고 그곳을 만든 인간에 대한 외경심만이 넘치던 순간을 마주했던 것처럼.

두 화가에 대한 이야기로 돌아가면, 프로이트식의 통속이 두 그림 사이에 큰 강물이 되어 흐른다. 기나긴 인생을 간략하게 서술하면 로트렉은 금수저 귀족의 외아들로 태어나서 온갖 교양의 은총을 받으며 갑질을 거들먹거리며 살 수도 있었지만, 어려서 입은 불운한 부상으로 평생 난장이로 살며, 압도하는 열등감을 어부바하고 창녀들과 어울리며 살았다. 그리하여 그의 그림들은 어찌나 한없이 다크한 어둠인지! 그의 그림들은 얼마나 마음을 헤집어 놓는지! 그의 마음을 헤집어 놓는 부스러기도 여기 덧붙인다.

내 다리가 조금만 더 길었더라면 나는 결코 그림 따위는 그리지 않았을 것이다.

하아! 한편 도공의 아들로 흙수저를 물고 태어난 르누아르는 어려서

앙리 드 툴루즈 로트렉, 「물랭 드 라 갈레트의 한 구석」(1989)
로트렉은 금수저 귀족의 외아들로 태어나서 온갖 교양의 은총을 받으며 갑질을 거들먹
거리며 살 수도 있었지만, 어려서 입은 불운한 부상으로 평생 난장이로 살며, 압도하는
열등감을 어부바하고 창녀들과 어울리며 살았다. 그리하여 그의 그림들은 어쩌나 한없
이 다크한 어둠인지! 그의 그림들은 얼마나 마음을 헤집어 놓는지!

피에르 오귀스트 르누아르, 「샤르팡티에르 부인과 자녀들」(1878)

벨라스케스도 펠리페 4세의 녹을 받으며 수많은 금수저들을 그렸지만, 위의 그림처럼
얄팍해 보이진 않는다. 여기에 인간은 없다. 사람들이 전혀 나오지 않은 김전일표 일제
추리소설마냥, 여기엔 인간은 없다. 돈을 준 사람들의 가족이라는 껍데기만 남아 있을
뿐이다.

부터 재능을 인정받아 '이쁜' 그림들을 지치지도 않고 만들어낸다. 이렇게 얘기하면 르누아르 팬들이 분노하겠지만 정말 달력 표지에 어울릴 만한 '이쁜' 그림들을 그는 지치지도 않고 만들어냈다. 로트렉이 창녀들을, 그리고 시대의 아이콘인 잔 이브릴^{Jean Avril}을 더할 나위 없이 추하게 그리는 동안, 르누아르는 부잣집 화상(畫像이 아니고 畫商)의 부인과 딸내미들을 이렇게 '이쁘게' 그렸던 것이다. 「샤르팡티에르 부인과 자녀들」(1878)을 보라!

나는 위 그림이 맘에 들지 않는다. 벨라스케스도 펠리페 4세의 녹을 받으며 수많은 금수저들을 그렸지만, 위의 그림처럼 얄팍해 보이진 않는다. 여기에 인간은 없다. 사람이라고 불릴 만한 존재는 전혀 등장하지는 않는 김전일표 일제 추리소설마냥, 여기엔 인간은 없다. 돈을 준 사람들의 가족이라는 껍데기만 남아 있을 뿐이다.

나는 무엇에 대해 분노하는 걸까? 나는 무엇에 대해 슬퍼하는 걸까?

원근법을 무시-무지하라!

—원근법의 바깥에서 만난 기묘한 아름다움들

보이지도 않고 만질 수도 없는 가상의 점, 소실점(消失點, Vanishing point)을 2차원 평면에 도입한 원근법은 르네상스 시대의 최고 발명품 중 하나로 꼽힌다. 동시에, 이 원근법이란 기법을 적극적으로 사용하지 않았던 혹은 발명-발견하지 못했던 동양미술은 그래서 서양미술에 비해 뒤처지는 것으로 여겨지기 일쑤였다. 동시에, 원근법을 발견하지 못한 것이(혹은 사용하지 않는 것이) 선진-후진 문명을 가름하는 잣대가 될 수 없다는 반대편의 주장도 심심찮게 눈에 띈다. 『풍경과 마음』에서 김우창이 정선鄭敾의 「금강전도金剛全圖」(1734) 곁에 흘린 부스러기 하나.

　　하나의 소실점을 가진 것이 아니라 다원적인 시점을 활용하여 체험을 바탕으로 한 풍경묘사가 이루어지는 것이다.

그림은 아름답다, 예전에 리움에 갔을 때 보진 못했는데, 책으로만 봐도 아름답다. 그러면 된 거 아닐까? 어떤 지역-나라의 문명 혹은 그림이 다른 곳보다 뛰어난지-열등한지에 대한 논쟁에 전혀 관심이 없는 나에겐(그렇다, 가라타니 고진이 말했듯, 미술 '독자-소비자'인 나에겐 조국이란 없는 것이다) 이 대가의 알리바이 대기는 조금 불편하다. 소실점이 하나면 어떻고 둘이면 또 어떠하리, 그것이 과학적인 우열을 가리는 기준이 될 수 있되, 예술 작품의 미추를 가리는 기준이 될 수 없다면야.

이런 열등-비교라는 국경선을 넘어설 때(왜냐면 내게 조국이란 없으니까!), 몇몇 원근법을 무시한-무지한 그림들이 다시 한 번 푼크툼이 되어 나를 찌르기 시작한다. 그리하여, 사설이 길었다. 원근법을 개무시한, 하지만(혹은 그리하여) 눈을-가슴을 후벼파는 그림들. 소실점이 소실된 그림들이 주는 아름다움들!

우선 첫 번째 무지-무시는 아프카니스탄 지역의 무명 화가가 그렸다는 그림에서. 이스판디아르^{Isfandiar}라는 페르시아^{Persia} 왕이 터키의 왕을 죽이는 그림이라고. 성의 안쪽, 원근법의 바깥쪽, 이라는 부제를 달고 싶은 이 아름다운 그림. 여기서 원근법은 부서지고, 그리하여 성의 내부는 하릴없이 드러나고, 글자는 벽 위에 새겨지고, 에서의 계단을 닮은 방책은 성의 안쪽을 배회하고, 방 안의 남녀는 머리를 맞대고 미래를 도모하고, 오른쪽 위편 구석에서 남자는-터키의 왕은 죽는다. 아가사 크리스티^{Agatha Christie}의 책 제목처럼, 마지막으로 죽음이 오는 거다. 원급법을 피한 성은 지을 수 있었지만, 죽음은 피하지 못한 왕.

다음 그림은 신라 말기의 고승을 그렸다는 한국의 불화 「선암사 선각

아프카니스탄 무명 화가의 그림

국사 도선 진영仙巖寺 先覺國師 道詵 眞影」을 보라. 이 기묘한 어긋남들!

한치의 정확함도 허용하지 않는 이 정밀한 어긋남. 의자와 발받침과 돗자리와 상자와 경상은 한번도 공간에서 '원근법적으로' 화해하지 않는다. 야, 이 놀라운 불일치! 이 그림을 처음 볼 때 나는 정말 이 사람이 원근법을 몰랐던 걸까, 하는 의문을 가졌었더랬다. 원근법을 초월하는 스님이 아니라, 상식을 부수는 신부를 창조했던 영국 작가 G. K. 체스터튼은 『브라운 신부의 지혜The Wisdom of Father Brown』란 단편집의 한 작품에서 다음과 같은 말을 들려준다.

모든 것을 틀리게 말하려면 속속들이 모르는 게 있어서는 안 되네.

그리하여 황급한 결론. 이 스님은-화가는 원근법에 대해 속속들이 잘 알고 있었다! 그저 겸양을 위해, 그는 이 그림이 입체처럼 보이게 하는 것을 단념했던 것이다. 혹은 화가의 원근법에 대한 무지를 위한 변명으로 좋은 부스러기 하나. 탁월한 라캉 연구자 브루스 핑크Bruce Fink의 『라캉과 정신의학』에서.

무지는 알고자 하지 않는 열정이다.

마지막 그림은 조르주 데 키리코Giorgio de Chirico, 르네상스 이후 미술사-미술시장의 변방이 되어 있던 이탈리아에서 시대를 너무 빨리 달려갔

「선암사 선각국사 도선 진영」(신라 말기)

던 초현실주의 화가의 그림. 그의 그림 중 「몽파르나스역^{Gare Montparnasse}」
(1914)을 원근법을 무지-무시하는 좋은 예로 꼽고 싶다(이유는 모르겠지
만, 이 그림은 자주 우울한 출발로 불린다, 근사한 제목). 그는 과장을 통해,
원근법을 부순다. 부서지는 원근법을 따라 위태위태 흘러내릴 것 같은
그림자 한 쌍. 현실엔 결코 존재할 것 같지 않은 기이한 사면^{斜面}. 그 왜
곡된 사면 위로 구겨진 원근법이 바닥으로 바닥으로 구른다.

랭보, 모음(母音)들, 색깔들, 화가들

—첫 번째 이야기, 검정과 하양

다짜고짜 랭보^{Arthur Rimbaud}의 시 「모음들^{Vouelles}」의 도입부를 뚝 잘라 옮겨본다.

> 검정 A, 하양 E, 빨강 I, 초록 U, 파랑 O, 모음들이여! 나는 언젠가 너희들의 은밀한 탄생을 말하리.

당근, 내겐 이처럼 상반되는 요소들을 수술대의 재봉틀과 우산처럼 우지끈 연결하여 묘한 분위기를 창조할 만한 재능이 결여되어 있다. 대신, 모음-색깔의 연결에 한 겹을 덧대 보자. 그 색깔 하면 바로 떠오르는 화가로! 그리하여, 모음-색깔-화가의 조합.

A – 검정 – 벨라스케스

A를 혹은 검정을 대표할 수 있는 화가는 누구일까? 단색의 판화도 많

이 제작하고 그림에도 인상적인 방식으로 검정을 자주 사용했던 뭉크Edvard Munch도 떠오르고, 고야Francisco Goya도 좋은 후보가 되겠지만, 내게 검정 하면 바로 머릿속에 불이 켜지는 화가는 벨라스케스Diego Velázquez다. 아니, 화가보다 먼저 떠오르는 그림이 바로 「십자가에 못박힌 예수Cristo Crucificad」이다. 세상 모든 것을 집어삼킬 듯 검은 검정, 천상천하유아독존, 말 그대로, 십자가 외엔 아무것도 세상에 남기지 않겠다는 야심으로 가득 찬 듯한 A. 모든 것을 지워버리는 검정, 그리하여 지독히 단조로운 A, 한없이 외로운 검정.

E - 하양 - 프리드리히

여긴 누가 좋을까? 실은 고르는 데 가장 애를 먹었던, 적당한 화가가 떠오르지 않아서 힘들었던 모음. 페르낭도 크노프Fernand Khnopff나 제임스 휘슬러James Whistler 그림 속 인상적인 여인들이 입었던 하얀 옷도 생각나고, 뷔야르Édouard Vuillard의 눈처럼 흰 침대도 떠올랐지만, 그래도 이 정도 스케일은 되어야 진정한 하양의 대표 화가라 할 수 있지 않을까?

카스파 다비드 프리드리히Caspar David Friedrich의 작품 「바닷가의 수도사Der Mönch am Meer」를 보라. E라는 하나의 모음으로 묶기엔, 하양이란 하나의 색채 안에 쑤셔넣기엔, 너무나도 다채롭고, 쉴새없이 변하는 하늘. 하양의 변덕, E의 차가움, 하양의 무한함, E의 불변함, 그리고 하양의 고요함. 아, 그러고 보니, 페터 회Peter Høeg의 『스밀라, 눈에 대한 감각Frøken Smillas fornemmelse

카스파 다비드 프리드리히, 「바닷가의 수도사」(1808~1810)

E라는 하나의 모음으로 묶기엔, 하양이란 하나의 색채 안에 쑤셔넣기엔, 너무나도 다채롭고, 쉴새없이 변하는 하늘. 하양의 변덕, E의 차가움, 하양의 무한함, E의 불변함, 그리고 하양의 고요함. 아, 그러고 보니, 페터 회의 『스밀라, 눈에 대한 감각』이 갑자기 다시 읽고 싶어진다.

^{for sne}』이 갑자기 다시 읽고 싶어진다. 페터 회는 그 책에서 그린란드에서는 서로 다른 눈-얼음을 표현하는 말이 굉장히 많다고 했었다. 이 하양 안에도, 얼마나 많은 다른 하양들이 녹아(혹은 녹지 않고 미친 듯 꿈틀대고) 있는가!

잠깐! 랭보는 무시하고 넘어갔지만, a와 e 사이, 흰색과 검정 사이 새로운 열차칸 회색-'æ'를 만들어 보자. 내게 회색하면 가장 먼저 떠오르는 화가는, 아니 사진가는 국산 사진가 민병헌이다. 민병헌의 연작물 중, 1996년경에 집중적으로 찍었던 〈잡초〉! 연작물 속 회색은, 한 번도 백색이나 흑색에 오염되지 않은, 그 얼마나 순수한 회색이던가! 또 다른 내 마음속 기다란 푼크툼의 리스트 중, 회색으로 기억 남을 작가. 회색의 민병헌.

랭보, 모음(母音)들, 색깔들, 화가들
—두 번째 이야기, 빨강과 초록과 파랑

지난번 글에 이어 랭보의 「모음들」의 신비한 조합에 화가를 덧붙이는 놀이를 계속해 본다.

I - **빨강 - 로트렉**

빨강의 I에는 어떤 화가가 잘 어울릴까? 마티스^{Henri Matisse}의 붉은 아틀리에도 생각나고, 고갱^{Paul Gauguin}이 그린 천사와 야곱이 싸우는 배경의 빨강 평면도 기억나지만, 내게 가장 인상적인 빨강은 다시 한 번 로트렉^{Lautrec}의 그림에서. 그의 1900년 작 「바이올리니스트 당클라 씨^{Le Violoniste Dancla}」. 존재할까 싶은 핏빛 빨강 바닥. 바짓자락을 물들일 것 같은 빨간 액체의 바닥. 거울처럼 보이는 I. 연약한 I. 시끄러운 바이올린의 고음에 깨질 것 같은 빨강.

앙리 드 툴루즈 로트렉, 「바이올리니스트 당클라 씨」(1900)
존재할까 싶은 핏빛 빨강 바닥. 바짓자락을 물들일 것 같은 빨간 액체의 바닥. 거울처럼
보이는 I. 연약한 I. 빨강.

U - 초록 - 안톤 레더샤이트

의외로 초록이 초경합이었다. 영국의 현대 화가 데이비드 인쇼^{David} ^{Inshaw}의 멋진 그림들, 이를테면 「The Cricket Game」, 「The Badminton Game」, 「The Raven」 같은 그림 속 어쩐지 인공적인 초록도 기억나고, 모리스 드니^{Maurice Denis}의 마음을 가라앉혀 주는 것 같던 초록도 눈에 아른거리고, 걸핏하면 부자연스러운 포즈의 나신을 앉혔던 호들러^{Ferdinand Holder}의 초록 풀밭도 기억난다. 하지만, 초록에서 가장 먼저 기억났던 그림은, 안톤 레더샤이트^{Anton Räderscheidt}의 「소녀 테니스 선수^{Girl Tennis-Player}」이다. 이 놀라운 부조화라니! 화가일 것으로 보이는 남자가 갇혀 있는 초록은 얼마나 어색한! 하긴 이 그림 속 그 어떤 것이 조화로워 보이겠는가? 아무것도 조화롭지 않고 화해하지 않는 그림 속, 어쩌면 그런 불화의 장揚에 가장 어울리는 색, 초록 혹은 U, 그 역겨운 발음.

O - 파랑 - 르동과 안도 히로시게

파랑엔 두 명의 화가를 뽑았다. 우선은 르동^{Odillon Redon}. 두말할 필요가 없겠다. 르동은 강렬한 판화를 통해 흑과 백의 강렬한 대조도 보여주었지만, 가장 원색에 가까운 빨강, 파랑, 노랑 등을 서슴지 않고 화폭 속에 던져 넣은 화가로도 유명하다. 「황금빛 껍질 혹은 파랑 옆얼굴^{La Cellule} ^{d'Or, dit aussi Le Profill Bleu}」이라는 1892년 그림을 보라. 이 그림 앞에서는 다시

안톤 레더샤이트, 「소녀 테니스 선수」(1930)

© Anton Räderscheidt / BILD-KUNST, Bonn - SACK, Seoul, 2020

오딜롱 르동, 「황금빛 껍질 혹은 파랑 옆얼굴」(1892)

한 번 나는, 턱 숨이 막힌다. 흡사, 갓 담은 갓김치의 냄새를 3진법 숫자 11자리로 표현하라는 명령을 받은 수학자가 된 것 같은 기분.

한 명 더, 파랑의 히로시게, 안도 히로시게安藤広重의 그림 중 하나를 골라본다. 『에도 명소 100경名所江戸百景』의 98번째 그림. 착색 목판화라 판본마다 그 색채가 조금씩 다르지만, 언제나 그의 파랑은 빛난다. 동해도오십삼차東海道五十三次에서도 그의 파랑은, 강에서, 바다에서, 하늘에서, 산에서 눈이 아리게 반짝댄다.

하여, 드디어 완성된 내 버전의 『화가들』.

검정 벨라스케스, 하양 프리드리히, 회색 민병헌, 빨강 로트렉, 초록 레더샤이트, 파랑 르동(혹 히로시게), 화가들이여!

나는 언젠가 너희들의 은밀한 탄생을 말하리!

여행의 무익함

—루소와 고갱과 뭉크의 경우

어느샌가 아주 자연스럽게 여행이 휴가로 대체되었다. 여행이 어디론 가 자유로이, 계획 없이, 일상에서 벗어나 그저 떠돌아다니는 일에서(코 맥 매카시^{Cormac McCarthy}의 『The Road』가 아니라 잭 케루악^{Jack Kerouac}의 『On the Road』에서 지치지도 않고 반복되는 멕시코로의 끊임없는 월경^{越境}이야말로 가 장 클래시컬하고 낭만적인 '여행'의 좋은 예가 아닐까?), 하나의 체계적인 오 락, 조직화된 산업, 스펙타클하지만 안전한 여흥, 생산의 휴지기에 의무 적으로 수행해야 하는 소비의 시기를 일컫는 말로 변했다.

보드리야르는 일찍이 『소비의 사회』에서 여가란…… 자유의 포스터 에 불과하다, 라 하지 않았던가? 하지만 여행이 이 시대의 자본과 테크 놀로지가 허용한(즉 '돈'이란 입장권만 있으면 누구나—참으로 공평하게도— 누릴 수 있는) 가장 보편적이면서도 자아를 체험할 수(나는 이 체험이란 단어 앞에 '유사^{類似, pseudo}'라는 접두어를 붙이고 싶다는 유혹을 간신히 떨쳐냈 다) 있는 훌륭한 오락거리란 걸 누가 반박하겠는가? 내가 주장하고 싶은

앙리 루소, 「꿈」(1910)
이 작가에겐 이국적이고 낯선 경험을 하기 위해 먼 곳으로 떠날 필요가 없었다. 파리의
동물원과 식물원만으로도 그에겐 충분한 영감이 되었다.

건 여행이 오락이 아니라는 게 아니라 여행의 무익함, 특히 여행이 예술을 창작하는 데 전혀 도움이 되지 않는다는 내용이다. 주장을 뒷받침하는 데 가장 좋은 방법은 역시나 공인된 지식인들의 말을 빌려오는 것. 오래 살아남은 좌파 철학자 가라타니 고진의 『트랜스크리틱』에서 다시한 번.

> 그러나 레비 스트로스도 "나는 여행과 탐험가를 싫어한다."라고 쓰고 있지 않은가. 왜냐하면 여행과 탐험은 단지 차이를 소비(해소)할 뿐이고 차이 또는 결코 내면화할 수 없는 타자와 만나는 것이 아니기 때문이다.

고진과 레비스트로스$^{Claude Levi Strauss}$의 듀오라면 충분하지 않겠는가! 나는 여행을 통해 뭔가를 배울 수 있다는 사실을 잘 믿지 않는다. 특히 여행을 하면서 좋은 글을 쓸 수 있다는 얘기는 더더욱. 여행은 자신을 발견하기 좋지 않은 공간-경험이다. 레비나스-고진의 말을 빌리자면, 그렇다고 '결코 내면화할 수 없는 타자'를 만나는 것도 아니니 더더욱. 여행은 그저 여러 가지 무의미한 차이에 대한 소비로 나를 끊임없이 'Distract'할 뿐이다.

초원을 탐험-여행하는 대신 파리의 동물원과 식물원을 방문했던 루소$^{Henri Rousseau}$에게서 얼마나 아름다운 그림이 나왔던가! 그렇다, 루소에게는 이 정도만으로도 충분했다. 그의 『꿈$^{Le Rêve}$』을 보라, 그는 비싼 돈을 내고 아프리카 정글을 탐험-여행할 필요가 없었다.

월터 슈리언^{Walter Schurian}의 『Fantastic Art』라는 책에 실린 이 화가에-그림
에 대한 설명을 보자.

> This painter at any rate did not have to travel great distances in order
> to experience the alien and the exotic. Visits to the Paris zoo and botanical
> garden provided inspiration enough. 이 작가에겐 이국적이고 낯선 경험
> 을 하기 위해 먼 곳으로 떠날 필요가 없었다. 파리의 동물원과 식물원
> 만으로도 그에겐 충분한 영감이 되었다.

물론 여행-낯선 곳에서의 정착을 통해, 많은 그림들을 생산한 화가도
있다. 고갱^{Paul Gauguin}은 타히티로 가서, 거기서 새로운 그의 혼혈 자식보
다 더 많은 그림들을 그려냈다. 물론 그는 타히티로 가기 전에도 내 기
준으로 보자면 나쁘지 않은 화가였다. 그런데 이 긴 제목의 이쁜 그림을
꼭 타히티에서만 그릴 수 있었을까?『우리는 어디서 왔으며, 우리는 누
구이며, 어디로 가는가?^{D'où Venons Nous / Que Sommes Nous / Où Allons Nous}』

마지막으로 뭉크^{Edvard Munch}의 친구가 고갱과 뭉크를 비교한 이야기. 다
시 한 번, 예술에서의 여행의 역할에 대한 무시.

> "그는(뭉크는) 인간 본성의 원시적인 것을 찾아 타히티로 여행할 필
> 요가 없었다. 그에게는 그 자신의 타히티가 있기 때문이다."

다음 그림, 「지옥에서, 자화상」을 보라. 그에게 타히티가 필요하지 않았다는 건 이 그림만으로도 꽤 명확해 보인다. 페소아의 말을 빌리지 않더라도 그의 예술이 일용할 양식은 그 자신-내면의 풍경이었지, 타히티나 아프리카의 풍경은 아니었으리라.

에드바르 뭉크, 「지옥에서, 자화상」(1903)

한 번도 가보지 못한 곳, 상트로페즈 혹은 생트로페

나는 San Tropez, 그러니까 상트로페즈 혹은 생트로페에 한 번도 가보지 못했다. 프랑스에 있다는 것 정도는 알고 있다. 앞으로도 가보게 될 것 같지는 않지만, 내겐 각별한 곳이다. 하긴 어쩌면 가장 아름다운 곳은 가보지 못한 곳일지도 모른다. 지도에서도 찾아보지 않았다. 지도는 유용하지만 아름다움이 재빨리 증발되고 있는 상품이니까. 오랜만에 내가 만든 부스러기 하나를 옮겨 본다, 일기장-낙서장에서 흘린.

아름다운 지도(地圖)는 믿음과 상상력과 광기와 거짓말과 치밀함의 혼합물이다. 해서 우리에게 더 이상 아름다운 지도란 없다. 믿음은 종교로, 상상력은 과학으로, 광기는 정신분석으로 거짓말은 다수결로 치밀함은 컴퓨터의 알고리즘으로 대치된 시대를 살고 있는 우리에게 더 이상 아름다운 지도는 없다.

폴 시냑, 「The Port of Saint-Tropez」(1899)

도쿄 국립서양미술관에서 핑크 플로이드의 상트로페즈를 듣다가 나는 우연히 폴 시냑
의 생트로페를 만났다. 그것으로 충분하지 않을까? 꼭 거기에 가보고, 사진을 찍고 알
리바이를 블로그에 남겨야 하는 걸까?

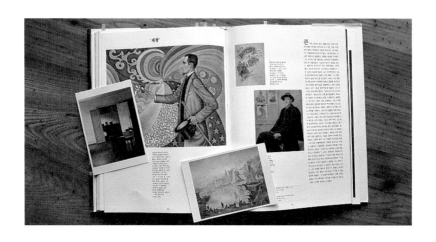

책 속의 그림. 폴 시냑, 「Portrait of Félix Fénéon」(1890), 「The Port of Saint-Tropez」
그리고 함메르쇠이, 「Interior with Ida playing the piano」

내가 처음 상트로페즈를 만난 건 핑크 플로이드의 『Meddle』이라는 앨
범에서였다. 피아노가 경쾌한, 따뜻하고 절로 어깨가 가벼워지는 노래,
네 번째 싱글, 어깨에 힘을 빼고 만든 소품^{小品}, 하지만 자주 지나치게 야
심차고 엄숙한 그들의 실험적인 트랙보다 더 반짝대는.

내게 이 노래가 더더욱 특별해진 건 도쿄 우에노역 근처 국립서양미
술관^{國立西洋美術館}에서였다. 동물원 옆에 서 있는 미술관. 진보초의 간다
고서점 거리와 함께 내겐 도쿄라는 이름의 웹브라우저에서 즐겨찾기 같
은 곳.

처음 거기에 가본 게 언제였는지는 잘 떠오르지 않지만, 들어서면
서부터 핑크 플로이드를 귀에 꽂았던 것만큼은 기억에 선하다. 처음은

『Atom Heart Mother』였던 것 같다. 그러다 미술관 한 귀퉁이서 폴 시냑^{Paul} ^{Signac}의 「The Port of Saint-Tropez」를 만났다.

도쿄 국립서양미술관에서 핑크 플로이드의 상트로페즈를 듣다가 나는 우연히 폴 시냑의 생트로페를 만났다. 그것으로 충분하지 않을까? 꼭 거기에 가보고, 사진을 찍고 알리바이를 블로그에 남겨야 하는 걸까? 만약, 내가 직접 거기에 가본다면……. 내가 그때 우에노에서 뜻밖에 만났던 단단한 놀라움이, 경이가, 작은 Epiphany(현현, 顯現)가 산산이 망가지지나 않을까 하는 두려움. 도쿄에서 만난 과거의 상트로페즈를 위해 프랑스에서 만날 미래의 생트로페를 멀리하고 싶은 마음.

사족 하나, 이 미술관에서 나는 처음으로 빌헬름 함메르쇠이^{Vilhelm} ^{Hammershøi}를 알게 되었다. 처음엔 어떻게 읽어야 하는지도 몰랐던 덴마크 화가. 뒷모습의, 집구석의 대가. 쓸쓸함이 푸르스름한 공기 중을 먹먹하게 메우는 방 안에 배치된 매혹적인 뒷모습 「Interior with Ida playing the piano」은 언제 봐도 섬뜩하다.

사족 둘, 폴 시냑의 그림도 그 후에 몇 점 찾아보았던 것 같다. 내가 알고 있는 몇 안 되는 그의 그림 중 기억에 남는 그림으로 하나 더. 1890년작 「Portrait of Félix Fénéon」. 그렇다, 모자에서 꺼내기엔, 토끼나 비둘기보다 역시 백합이다!!

두 명의 성경 번역자
—성 히에로니무스와 루터

이 글은 성서 혹은 성경에 관한, 덧붙이자면 성경 속 이야기가 아니라 성경이란 책 자체를 논하는, 더 정확히 말해 성경의 번역에 연관된, 엄밀히 말하자면 성경의 번역자에 대한 그림에 대한 이야기다.

하지만 이제 아주 당연한 듯 뻔뻔스레, 진짜 이야기로 들어가기 전 훅 치고 들어오는 삼천포 한 자락. 니체는 『선악을 넘어서』에서 인간을 또 한 번 두 가지 종족으로 구분한다.

　　구약을 어떻게 생각하느냐에 따라 '위대한' 인간이냐, '왜소한' 인간 이냐가 결정된다.

구약(舊約, Old Testament)을 선호하는 자신의 몰취미를 변명하기-지키기 위한(혹은 나약한 지식인 그룹의 비난에 맞서기 위한) 그의 일갈. 다행히 이번에 나는 니체가 싫어하는 종족에 속한다. 걸핏하면 폭력에 의지하

알브레히트 뒤러, 성 히에로니무스를 그린 목판화

알브레히트 뒤러, 성 히에로니무스를 그린 목판화 중 성서

고, 독점욕이 무엇인지 뢴트겐으로 찍어 보여주는 것 같은 유대인의 신 야훼의 원맨쇼는 그 아들의 속편, 신약(新約, New Testament)이 없었더라면 그렇게 많은 판매고를 올리지 못했을 것이다.

첫 번째 그림은 오늘 소개할 두 명의 번역가 중 첫 번째, 성 히에로니무스를(라틴어: Hieronymus / 영: Jerome) 주인공으로 한 알브레히트 뒤러 Albrecht Dürer의 목판화. 성 히에로니무스는 4세기부터 5세기 초까지 교황의 명을 받아 성경을 라틴어로 번역한 이로 유명하다. 확대한 다음 그림에서 초록색 원 안에 들어 있는 책이 바로 라틴어로 쓰여진 책이다. 즉, 이 책에 새겨진 글자가 바로 성 히에로니무스의 글씨체라는 뜻. 그러면 나머지 두 책은 무언가? 그가 번역한 성서는 어떤 말로 쓰여진 걸까? 왜 성서가 두 권이나 있을까?

성경은 애초부터 하나의 언어로 쓰여지지 않았다. 구약은 주로 히브리어로(유대인이 쓰는, 신기하게도 오른쪽에서부터 왼쪽으로 가로로 쓰는—철천지원수인 아랍인들이 쓰는 아랍어도 오른쪽에서 왼쪽으로 쓴다) 쓰여졌다. 주황색 원 안에 들어 있는 책이 바로 히브리어로 쓰여진 책. 아마도 구약인 듯? 혹은 사전?

그리고 신약은 초기에 그 활발한 전파를 위해(우리의 개종한 바울이야말로 글로벌 영업사원의 시조가 아니었을까?) 흔히 헬라어로 불리는 코이네 그리스어로 쓰여졌다. 보라색 원 안에 들어 있는 글자들이 비로 헬라어들. 아마도 신약성서.

그런데 원판에는, 잉크를 묻혀 종이에 찍기 전 나무에는 이 세 가지 언어가 모두 거꾸로 새겨졌어야 했던 게 아닐까? 세 가지 외래어들을 반대로 목각에 파 새겨넣은 뒤러의 노고에 경의를!!! 『황금전설』에 의하면 히메로니무스가 사자의 발에서 가시를 뽑고 상처를 치료해 주자 야성을 잃고 애완동물이 되었다고. 히에로니무스를 그린 그림들을 수없이 많지만, 알프레히트 뒤러의, 또 다른 동판화도 볼 만하다. 책 안의 글씨들은 보이지 않지만 섬세한 선과 벽에 비친 유리창의 무늬가 아름다운 수작이다.

두 번째 번역자는 위대한 독일계 반항아, 루터^{Martin Luther}다. 구스타프 쾨니히^{Gustav König}라는 남자가 만든 판화에서 우리의 루터는, 가톨릭의 적폐가 켜켜이 쌓여 있는 기존의 라틴어 성경을 사용하는 대신, 스스로 헬라어에서 독일어로 직접 성경을 번역하고 있다. 그렇다, 루터야말로 프로테스탄트 성경의 첫 번째 번역자라 하겠다. 구스타프 쾨니히의 판화 속 루터가 들고 있는 책 안에 헬라어가, 책상에 비스듬히 뉘인 책 안에 독일어가 쓰여 있을 텐데, 잘 보이지 않는다.

사족이, 그래도 하나쯤 있어야지 않겠나! 보르헤스가 『토론Discusión』에 남긴 부스러기로 마무리. 애꿎은 번역자를 탓하지 말라는 이야기. 그렇다, 번역된 책이 이해가 안 간다면, 원본을 구해서 읽어라, 괜시리 번역자 탓만 하지 말구. 번역자가 아니라 책을 읽는 독자의 지력智力에 문제가 있거나 작가의 논리에 결함이 있는 걸 수도 있으니.

다시 말하지만 충실한 번역은 하나도 없거나 모든 번역이 충실하다.

그림 속에서 만나는 일인다역의 잘못된 활용법

—요하네스, 김준근, 크노프의 경우

자주는 아니지만 영화나 드라마에서 일인다역을 종종 봤을 것이다. 원래 그 역을 맡기로 했던 배우가 치질이라도 더럭 걸린 걸까? 일인다역을 맡은 배우는 어떤 역의 꿈을 꿀까? 맡은 역의 숫자만큼 돈을 배로 더 받을까? 감독은 관객이 그 일인다역을 눈치채지 못하면 많이 서운할까, 자살이라도 저지를 만큼? 이런 질문들을 땅에 파묻고, 일인다역들이 등장하는 그림들을 하나씩 만나보자.

첫 번째 그림은 요하네스 그뤼스케Johannes Grützke의 1970년작 「이리 와 우리와 함께 앉지?Komm, setz dich zu uns」이다. 그림 속 하얀 와이셔츠에 넥타이를 맨 세 명의 대머리 남자가(죄다 똑같은 얼굴을 한) 쾌활하게 나를 부르고 있다. 여러분은 어떠한가? 나는 정중히 거절하겠다. 꿈에서도 보고 싶지 않은 대머리 삼인조.

두 번째 그림은 19세기말 몇몇 항구에서 외국인에게 팔기 위해 그려졌다는 '개항장 풍속화'에서 골라본다. 김준근의 「단오추천端午秋韆」이란

김준근, 「단오추천」(19세기)

잘 들여다보면, 삼각형 삿갓을 쓴 남자 한 명만 빼면 대부분의 얼굴이 똑같다! 이게 도
대체 일인 몇 역인가! 역시 꿈에도 보고 싶지 않은 장면, 발들여 놓고 싶지 않은 동네.

페르낭 크노프, 「기억들」(1889)
이 그림 속에 여동생(들?)은 얼마나 열심히 옷을 입고 있는지. 하여 그의 죄책감의 두
께만큼이나 두꺼워지는 여동생(들)의 옷. 끔찍하다. 얼마나 많은 여동생들이 그림 속에
나와야 그의 슬픈 마음이 조금이라도 위안이 되려는지.

그림이다. 잘 들여다보면, 삼각형 삿갓을 쓴 남자 한 명만 빼면 대부분의 얼굴이 똑같다! 이게 도대체 일인 몇 역인가! 역시 꿈에도 보고 싶지 않은 장면, 발들여 놓고 싶지 않은 동네.

마지막 그림도 마찬가지! 그림에서의 일인다역은 이렇게 늘 불길함을 부르나 보다. 벨기에 화가 페르낭 크노프^{Fernand Khnopff}의 「기억들 ^{Memories}」(혹은 Lawn Tennis, 풀밭 위의 테니스라고 불리기도 하나 보다. 그렇다고 뭐 사정이 나아지는 건 아니지만)

안타까운 것은 이 127cm X 200cm 캔버스 안에 혹은 화가의 기억 속에 서식하는 생물이 혹은 여자가 딱 한 종^種이란 거다. 그의 여동생. 물론 에곤 쉴레^{Egon Schiele} 같은 경우도 있지만(그는 처음부터 별 죄책감 없이 여동생의 옷을 벗겼을 거다), 이 그림 속에 여동생(들?)은 얼마나 열심히 옷을 입고 있는지. 하여 그의 죄책감의 두께만큼이나 두꺼워지는 여동생(들)의 옷. 끔찍하다. 얼마나 많은 여동생들이 그림 속에 나와야 그의 슬픈 마음이 조금이라도 위안이 되려는지. 이 크노프의 여동생은 매우 자주 그의 그림 속에 출몰했다. 한 화폭에 한 번만 나오는 그림은, 이를테면 1887년작 「Portrait of Marguerite Khnopff」 같은 그림은, 그의 비정상적인 여동생에 대한 집착을 잊는다면, 그저 평범한-아름다운(그림이 아름다운 것이 아니라 모델이 아름다운) 그림이 된다.

사족 하나, 언젠가 한번 소개한 듯하지만 한 번 더 재탕. 추리소설에서의 일인다역은 금기시되지만, 그걸 멋지게 뒤집은(그렇다, 절대 부서지지 않는다면 금기에게 무슨 의미가 있겠는가?) 세바스티엥 자프리조^{Sébastien} ^{Japrisot}의 「신데렐라의 함정$^{Piège\ Pour\ Cendrillon}$」의 출판사 광고 문구.

나는 탐정입니다(Je suis l'enquêteur).

나는 증인입니다(Je suis le témoin).

나는 피해자입니다(Je suis la victime).

나는 범인입니다(Je suis l'assassin).

나는 네 사람 모두입니다 그럼 나는 누구일까요?

(Je suis les quatre ensemble, mais qui suis-je?)

사족 둘, 언젠가 루이스 부뉴엘$^{Luis\ Bunuel}$의 영화 「욕망의 모호한 대상^{Cet} $^{obscur\ objet\ du\ desir}$」이란 영화를 봤다. 이 영화엔 일인다역이 아니라 이인일역라는 어이없는 설정이 나온다. 여주인공 역을 두 명의 배우가 맡는 말도 안 되는 설정. 더욱 어이없는 건 영화를 보는 도중 나는 그 사실을 끝까지 눈치채지 못했다는 것. 나중에 영화를 다 보고 나서 알게 되었다. 부주의하게도. 감독님은 화가 많이 나셨을까?

낡은 집, 낡은 아파트, 낡은 골목

바야흐로 낡은 것들은 모조리 버려야 하는 시대이다. 조금이라도 더 새로운 제품을 팔기 위해선 어제 산 것이 버려져야 하는 법! 다가올 올 봄 립스틱의 유행 색조에는 어떤 논리가 숨어 있는가? 올 여름 자동차 보닛의 곡선은 어떤 사회 풍조를 반영할 것인가? 이런 질문들이 다 헛짓거리라는 걸 우린 잘 알고 있다. 패션에는, 상품의 외양에는 논리가 없다. 상품의 최고 목표는 팔리고, 또 팔리자마자 그 효용성을 잃어버리는 것이다, 그래야 상품을 산 얼간이들이(우리들은 모두 '소비자'라는 영광스러운 가시관을 어느새 머리에 쓰고 있다, 얼간이들!) 죄다 비슷한 것을 단지 외양이 다르다는 이유로, 혹은 유행이 지났다는 이유로 버리고 또 새로운 것을 살 테니. 더 자주 팔기 위해 아무 의미도 없는 패턴들을 랜덤하게 짚어가는 게 패션의 혹은 상품의 사이클이다. 복고가 다시 유행이지 않냐고? 예전의 유행들이 다시 살아나지 않냐고? 그럴 수밖에. 패턴이란 게 많으면 얼마나 많겠는가? 돌고 돌다 보면 옛날에 한번 써먹은 것

이치은, 골목길

낡은 것들 중에 유난히 나를 매혹시키는 것은 오래된 낡은 건물 혹은 오래된 낡은 건물들이 차지하고 남은 아주 가느다란 여백인 골목길들이다. 이태원이었던가? 삼선동이었던가?

도 다시 써먹게 되는 법.

사설이 너무 길었다. 그리하여 낡아서 잊혀진 것들은 가끔 얼마나 서글픈지. 낡은 것들 중에 유난히 나를 매혹시키는 것은 오래된 낡은 건물 혹은 오래된 낡은 건물들이 차지하고 남은 아주 가느다란 여백인 골목길들이다. 우선 내가 찍은 골목길 사진 두 장부터 뿌려 본다. 이태원이었던가? 삼선동이었던가?

이런 건물들이-골목길들이 나를 잡아 끄는 이유는 무엇일까? 도대체 왜? 내가 어렸을 적 살던 동네 풍경과 비슷해서? 아니, 아니, 그런 건 아닌 듯. 여지껏 한번도 속 시원히 나오지 않는 답. 게다가, 그곳에 가는 것은, 또 그곳의 사진을 찍는 것은, 마냥 즐겁기만 한 일이 아니다. 그곳은 다름 아닌 누군가의 가난의 흔적이니까. 다들 없어졌다고 쑤근덕대는 가난의 화석이니까, 가난의 지층이니까, 가난의 밀랍인형박물관이니까. 거기다 렌즈를 들이대는 일은 얼마나 죄스러운지. 이 복잡한 마음의 풍경. 임석재의『서울, 골목길 풍경』이란 책에는 내가 찍지 않은 골목길들이, 그러니까 내가 직접 피사체를 당기며 죄책감을 느끼지는 않았지만, 여전히 매혹적이고 죄스러운 사진들이 그득하다. 그리고 이 책은 그런 골목들의 아주 자세한 지도를(하지만 그 지도는 시간의 흐름을 다 담아내진 못한다) 담고 있어, 내 이 책을 들고 몇 번이나 사진 속 동네를 찾아 발품을 팔곤 했었다. 그중에서도 언제나 내 마음을 앗아가는 계단의 사진들. 아주 오래된 내 주이상스 혹은 품크툼.

비슷한 책으로 장림종, 박진희가 지은『대한민국 아파트 발굴사』도

책 속의 사진. 장림종, 박진희의 『대한민국 아파트 발굴사』 중에서

책 속의 그림. 최호철의 『을지로 순환선』 중에서

마찬가지. 오래전에 지어 톡 건드리면 바로 우수수 무너질 것 같은 오래된 아파트들이, 세월의 흔적들이, 가난의 기억 고스란히 묻어나는 서글픈 풍경들이 가득하다. 책에서 만난 아파트 사진들은 더러 나의 푼크툼이 된다, 이해할 수 없는 방식으로, 나를 느닷없이 푹 찌르는.

대놓고 이런 오래된 낡은 동네들-집들-골목길들을 그린 작가들도 있다. 우선 최호철의 『을지로 순환선』.

을지로 순환선이 과장스럽고, 직선을 최대한 자제하고 곡선으로 여러 가지 시점을 한데 섞어 만화적인 광경을 창조해 냈다면 또 다른 국산 작가 정재호의 그림은 정확히 그 대척점에 서 있다. 시점은 대부분 정면으로 고정되어 있고, 베일 듯 가느다란 직선들이 가득하다. 차갑고 사람이 배제된 건물의 풍경들. 아니 여백마저 삭제된 흡사 액화질소로 얼어붙은 풍경들. 자로 그린 것 같은 그림들. 그 차갑고, 반복되고, 낡고, 엉성하지만 연속되는 그림들이 내게 주는 공포와 향수.

소식을 전하는 자, 대천사 가브리엘

　천사들 사이에도 아주 복잡한 계급이 존재한다는 걸 여러분은 아시는지? 모으고, 순서 정하고, 줄을 세우는 건 인간의 끊을 수 없는 본능. 해서 천사의 서열엔, 군대에 장교와 사병만 있는 게 아니듯 복잡한 층위들이 있다. 몇 군데 책에 나온 얘기들을 종합해 보면, 대략 세 계급으로 나누어지는 듯하다. 첫째 계급이 하느님을 호위하는 천사들(세라핌^{Seraphim}과 케루빔^{Cherubim}이 여기 소속이라고), 둘째 계급은 천국을 지배하는 천사들, 그리고 가장 낮은 계급에 오늘 소개할 대천사(Archangel, 大天使)가 속해 있다. 이 가장 낮은 계급의 천사들이 인간과의 소통을 담당한다고.

　가브리엘^{Gabriel}은 소식을 전하는 천사로 유명하다. 아이 못 낳는 늙은 석녀 엘리자베스에게 세례자 요한을 임신했다는 소식을 전한 천사도 바로 가브리엘이었다. 하지만, 이는 그저 사소한 곁가지. 역시 가브리엘 하면 수태고지(受胎告知, Annunciation) 아니겠는가? 처녀의 몸인 마리아에게 하느님의 아들을 잉태했다는 서프라이징한 뉴스를 전하는 전령(傳令)으

프라 안젤리코, 「수태고지」(15세기)

이 그림이 내게 특별한 건 마치 만화처럼, 주인공의 대사들이 그림 속에 쓰여져 있다는 것이다. 자세히 보면 문장이 세 줄인데, 가운데 줄이 마리아의 대사라고 "저는 주의 종입니다. 당신의 말씀대로 제게 이루어지기를 바랍니다."

로서의 가브리엘. 하여, 이 업적으로 그는 아주 자주 서양의 그림에 얼굴을 드러낸다. 그중 기억에 선한 몇몇 그림들을 골라본다.

우선 첫 번째 수태고지는 15세기 프라 안젤리코^{Fra Angelico}의 수태고지. 아름다운 날개를 달고 있는 그림 속 가브리엘 천사의 성별은 애매모호하다.

이 그림이 내게 특별한 건 마치 만화처럼, 주인공의 대사들이(원본은 죄 루카 복음으로부터. 수태고지는 오직 거기서만 다루어진다. 해서, 수태고지 그림에선 자주 루카의 상징 소를 찾아볼 수 있다) 그림 속에 쓰여져 있다는 것이다. 자세히 보면 문장이 세 줄인데, 가운데 줄이 마리아의 대사라고 "저는 주의 종입니다. 당신의 말씀대로 제게 이루어지기를 바랍니다(Ecce ancilla Domini fiat mihi secundum verbum tuum). 자, 여기부터가 가장 재미있는 부분. 그림 속 마리아의 대답은 거꾸로 뒤집힌 채로 오른쪽에서부터 왼쪽으로 이어진다. 기둥에 가려진 부분도 있지만, 눈을 똑똑히 뜨고 잘 보면 대략 읽을 수 있다. 하늘에 있는 하느님이 읽기 좋으라고 굳이 뒤집어 써내려갔다는 설명. 아 친절한 안젤리코 씨!!

두 번째 그림은 역시 비슷한 시기에 그려진 카를로 크리벨리^{Carlo Crivelli}의 또 다른 버전 「성 에미디우스의 수태고지」. 특이하게도, 아스콜리 피체노란 도시의 수호성인인 에미디우스가 도시의 미니어처를 들고 화려한 날개를 달고 있는 가브리엘 곁에 있다. 백합을 들고 있는(그렇다, 백합은 마술사만 드는 게 아니다.) 가브리엘은 내 눈에만 그렇게 보이나? 살짝 번거로운 눈치.

존 윌리엄 워터하우스, 「수태고지」(1914)

이 수태고지가 특별한 건 가브리엘-마리아 콤비의 시선을 연결하는 가상의 직선이 캔버스 안에 온전히 묻혀 있지 못하고, 약간 비뚜름하게 가브리엘 등판 쪽에서 우리를 향해 튀어나오는 중이란 점. 이 약간의 비틀림이 이 수태고지를 특별하게 만든다.

세 번째 수태고지는 드라마틱한 연출과 이상화된 여성의 나신으로 유명한(악명 높은?) 워터하우스J. W. Waterhouse의 1914년 수태고지. 이 수태고지가 특별한 건 가브리엘-마리아 콤비의 시선을 연결하는 가상의 직선이 캔버스 안에 온전히 묻혀 있지 못하고, 약간 비뚜름하게 가브리엘 등판 쪽에서 우리를 향해 튀어나오는 중이란 점. 이 약간의 비틀림이 이 수태고지를 특별하게 만든다.

우리의 가브리엘 아저씨는 오지랖도 넓으시다. 성경뿐 아니라 이슬람의 이야기에도 당당히 캔버스의 중앙에 자리잡고 계신다. 그쪽 세계에서는 지브릴جبريل이라 불리우신다고. 역시 작가가 전해지지 않는 1436년 작「다윗과 솔로몬 앞에 선 예언자 무함마드」라는 페르시아 지방의 그림을 보면, 계시를 받은 마호멧이(맨 오른쪽에 부라퀴Buraq를 타고 있다. 오래만에 얼굴에 하얀 휘장 두르는 것을 잊으신 듯) 제3천국에서 다윗과 솔로몬을 만나는 장면에도, 화려한 날개를 뽐내는 가브리엘, 아니 지브릴이 그림 중앙에서 만남을 주선하고 있다.

그래도 가브리엘의 친구 대천사 미카엘Michael이 반역천사와 싸우느라 정신없는 상황임을 고려해 보면 가브리엘의 처지가 좀 나아 보인다. 피터 브뤼겔의「반역천사의 추락The Fall of the Rebel Angels」라는 매혹적인 작품 속 갑옷을 입은 대천사 미카엘은 무심한 표정으로 끊임없이 몰려닥치는 괴물들을 향해 날카로운 검을 치켜들고 있다. 수많은 괴물들과의 전투를 수행하느라 바쁘신 듯.

四人의 페스타이올로가 화폭을 응시하오

―주인공은 2명의 천사와 2명의 아이가 적당하오

식민지 청년 김해경 씨처럼 13인의 아해를 모아 도로에 풀어놓을 자신이 없다면 4인으로 하는 게 차선이겠다는 불길한 예감. 우선 공정하게 밝혀둔다. 나는 이 페스타이올로라는 직업을 홍진경이 쓴 『베로니카의 수건』에서 배웠다. 한국 사람이 쓴 미술책이 꽤 쏟아져 나오긴 하지만, 이를테면 진중권, 최정은, 이주헌 같은 분들은 몇 권의 미술책을 내놓았지만, 내 장담컨대, 최소한 내 눈에 이만한 책은 없었다. 와우, 쌍엄지 척! 이 책 역시 헌책방에서 기대치 않게 구한 책이란 사실도 언급해두자. 동묘역 앞 같은 전통적인 헌책방이 아니라, 프랜차이즈 헌책방, 산본 알라딘에서지만.

비교적 최근에 출간된 내 소설집 『보르헤스에 대한 알려지지 않은 논쟁』에는 모두 10개의 짧은 이야기들이 들어 있는데 그중 하나가 「페스타이올로의 집」이라는 제목이다. 서론이 너무 길었다, 페스타이올로는 그림 안에서 화면 밖 나를, 화폭을 쳐다보는 나를 쳐다보는 등장인물을

피에로 델라 프란체스카, 「그리스도의 세례」(1450년경)

가리키는 말이다. 이탈리아 말로 페스타이올로^{Festaiolo}는 축제를 조직하는 사람이란 뜻이라고, 그림 속 축제로 그림 밖 관객을 초대하는 그런 역할을 맡은 사람이라고. 그게 뭐, 하고 어깨 한번 으쓱하고 지나갈 수도 있겠지만, 이 페스타이올로들을 보면 섬뜩할 때가 더러 있다. 13인의 아해가 아니라 4인의 페스타이올로를 만나면서 직접 느껴 보시라. 아차, 시작하기 전에 내 소설에서 부스러기 한 자락.

　　니 말아 맞아. 페스타이올로들은 그림이 아니라 그림을 보는 사람들의 시간에 속하는 것 같애.

　시작은, 홍진경이 『베로니카의 수건』에서 소개한 그림으로부터. 피에로 델라 프란체스카^{Pierro della Francesca}의 「그리스도의 세례^{Battesimo di Cristo}」. 1450년경의 작품이라고.

　찾으셨는가, 왼쪽 구석에 있는 세 명의 천사 중에, 제1의 페스타이올로가, 눈앞에서 펼쳐지는 역사적인 사건엔 관심도 없다는 듯 나를 혹은 당신을 뚫어져라 바라보고 있다, 아까부터 주욱. 월계관을 쓴 보라색 옷의 천사.

　제2의 페스타이올로도, 그 원래 직업은 천사다. 리돌포 과리엔토^{Ridolfo Guariento}의 14세기 그림 「천사들」. 죄다 똑같이 생긴 천사들이 행진하는 가운데 단 한 명이 나를 응시하고 있다. 제2의 페스타이올로, 은근히 무섭다.

리돌포 과리엔토, 「천사들」(14세기)
죄다 똑같이 생긴 천사들이 행진하는 가운데 단 한 명이 나를 응시하고 있다. 제2의 페
스타이올로, 은근히 무섭다.

제3의 페스타이올로는 아이다. 이 역시 그림을 보는 순간, 이 아이의, 아이인 척하는 마물의 정체를 깨달았다. 엄마 무릎을 베고 누워 있다고 해서 방심하면 안 된다. 조지 던롭 레슬리^{George Dunlop Leslie}의 「이상한 나라의 앨리스」. 오른쪽에 누워 있는 인형도 불길해 보이긴 마찬가지. 공포 영화 주인공 처키처럼 갑자기 소파서 벌떡 일어난다 해도 별로 놀랍지 않을 듯.

자, 마지막 제4의 페스타이올로는 참으로 놀랍게도 20세기 끝자락까지 주구장창 초상화를 그리고 있는(하지만, 그는 마치 초상화란 장르를 처음 발명한 남자처럼 자신 있는 스트로크를 화폭에 던진다) 루시언 프로이트^{Lucian Freud}의 그림에서. 나는 이 남자가 프랜시스 베이컨과 절친이었다는 얘기를 들으면 신이 참으로 공평하다는 생각이 든다. 한 명에겐 재능에 훨씬 넘치는 세간의 관심을(혹은 돈을 당길 수 있는 능력을), 다른 한명에 겐 아름다운 그림을 그릴 수 있는 능력을 주셨으니. 프로이트의 놀랍게도 섬뜩한 가족사진 「넓은 실내 W11(와토 모작)^{Large Interior W11(After Watteau)}」을 보면 망치지 못했다는 걸 알 수 있다. 그의 나쁜 친구도 나쁜 우상도 그의 그림을 망치진 못했다. 누워 있는 페스타이올로, 귀엽지 않다, 전혀.

나는 연령이 낮은 페스타이올로가 무섭다. 왜?

조지 던롭 레슬리, 「이상한 나라의 앨리스」(1879)
오른쪽에 누워 있는 인형도 불길해 보이긴 마찬가지. 공포영화 주인공 처키처럼 갑자
기 소파서 벌떡 일어난다 해도 별로 놀랍지 않을 듯.

베로니카의 수건

베로니카의 수건은 기독교의 여러 가지 전설-뒷이야기 중 하나다. 즉, 공식적인 경전인 신약성서에는 나와 있지 않다는 이야기. 몇 가지 다른 버전이 있는 것 같기는 한데, 대체로, 예수가 십자가를 지고 골고타 언덕으로 가는 도중, 베로니카란 여인이 고통스러워하는 예수의 얼굴을 닦아주었는데, 그만 얼굴이 수건에 새겨졌다는 이야기. 그리하여, 필녀의 손수건이 갑자기 '신성한 원본'의 지위를 획득한다. 「십자가를 지고 가는 예수」라는 16세기 초 히에로니무스 보쉬Hieronymus Bosch의 그림 왼편 아래쪽 구석에 홀로 아름다운 여인의 옆얼굴과 그녀가 들고 있는 수건이—이것이 바로 베로니카의 수건이다!—보인다.

중세 카톨릭의 여러 가지 전설을 집대성한 『황금 전설Legenda Aurea』에는 이 수건이 언제 예수의 얼굴을 담게 되었는지에 대한 서술은 없고(그냥 베로니카라는 여인이 예수의 얼굴을 그리려 화가를 찾아가는 길에 때마침 예수를 만났다고만 되어 있다), 대신 이 수건이 로마 황제의 중병을 낫게 하는 기적을 일으켰다는 일화가 소개되어 있다.

히에로니무스 보쉬, 「십자가를 지고 가는 예수」(16세기)
그림 왼편 아래쪽 구석에 홀로 아름다운 여인의 옆얼굴과 그녀가 들고 있는 수건이—
이것이 바로 베로니카의 수건이다!—보인다.

수태고지나 십자가에서의 하강Deposition 등의 삼면제단화三面祭壇畵, Triptych
로 유명한 로베르 캉팽Robert Campin의 1410년작, 「성녀 베로니카Portrait of St-
Veronic」도 함께 보자. 이 그림에선 성녀가 들고 있는 수건이 투명하게 만
들어져 있어서 더 스타일리시해 보인다.

세 번째 그림은 조금 더 독특하다. 수르바랑Francisco de Zurbarán이란 화가
가 앞의 두 그림보다 대략 100~200년 정도 후에 그린 그림인데, 얼핏 화
가가 그린 것이 아닌 실재처럼 보이도록 만든 일종의 트롱프뢰유(눈속임
그림, Trompe-l'oeil)처럼 보이기도 한다. 실은 내 관심 밖이지만, 아직도
많은 수건들이 '사람이 그린' 그림이 아닌, 예수가 실제 얼굴을 찍은 수
건—다시 한번, 신성한 원본—의 자리를 차지하기 위해 우리의 신성한
바티칸 성당 지하에서 열심히 투쟁을 벌이고 있는 듯. 그렇다, 이 대목이
바로 나를 매혹시키는 부분이다.

표절이란, 사물-작품은 뒤로 숨겨지며, 대문자 주체를 창조하는 과정
이다(물론 떳떳하지 못한 방식으로 말이다). 복제란, 주체는 증발되고, 사
물-작품만이 대문자로 남는 반대의 과정. 우선, 복제의 예를 들어보자.

나는 잘 모르지만, 렘브란트Rembrandt Harmenszoon의 그림엔 수많은 진위 여
부에 대한 질문이 따라다닌다 들었다. 어쩌면 도제들이 그려낸 그림들
일 수 있는 그림들. 그러니까 이를테면 복제는, 타인의 이름이 찍힌 예술
품을 제작하는(자신의 이름을 예술품 안에 찍지 못하므로 이건 창조나 창작
이 아니다) 과정인 것이다.

다시, 베로니카의 수건으로 돌아가 보자. 복제가 제작자로서의 주체

로베르 캉펭, 「성녀 베로니카」(1410)와 수르바랑의 베로니카의 수건

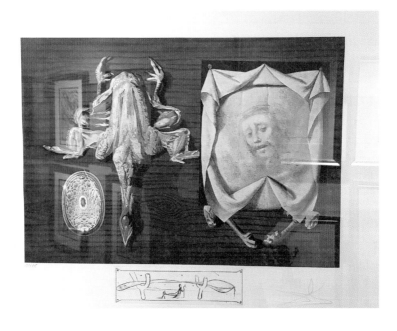

브뤼허(Brugge)에서 우연히 만난 작은 달리 전에서 본 그림

가 사라지는 과정이라고 했지만 원본을 만든 또 다른 주체 혹은 타인은
(위의 예에서 나온 렘브란트처럼!) 살아남는다, 그 가짜 사물에 접붙어서
말이다. 하지만 베로니카의 수건에서는(진짜 수건이라는 그 신성한 원본
의 지위를 획득하려는 수건이 있다면 말이다) 그 사물-창작품을 만든 창작
자로서의 자의식을 갖는 타인 혹은 예술가가 존재하지 않는다. 제작하
는 주체뿐만 아니라 창작했던 타자마저도 사라지는 셈이다. 대신 제로
의 시간에 대문자 창조를 하는 과정에 개입했다는 것으로 알려진 예수
그리스도의 이름만이 남게 되는 것이다. 타자와 주체가 사라지고 오브

제로서의 신만이 넘는 황홀한 광경. 그리하여 쏟아지는 복제-가짜 수건들. 자연히 창작자로서의 대문자 타자가 없으므로 복제품들은, 렘브란트를 무작정 따라하는 도제들이 찍어낸 것들과 달리 그 스타일이 다 제각각이겠다.

사족 하나, 딱 하나만 더. 얼마 전 아주 뜻밖의 곳에서 조그마한 달리 Salvador Dali 전을 구경할 기회가 있었다. 주로 삽화나 수채화를 모은 작은 컬렉션을 전시하고 있었는데, 터무니없이 기발한 그림을 봤다. 처음 보는 그림. 먹기 좋게 익은 조류와 베로니카의 수건의 조합. 아무나 할 수 없는 미친 조합. 미친 두뇌, 미친 영혼만이 접붙일 수 있는 기괴한 한 쌍. 깜박하고 사진만 찍고 제목은 적어오지 못했다.

사족 둘, 이 비즈니스 감각으로 무장한 천재 화가가 남긴 부스러기 하나. 그 소규모 달리 전에는 그의 말들이 역겹게도 황금색 액자에 모셔져 있더랬다. 그를 천재라 인정하지 않을 순 없는 노릇이지만, 그렇다고 해서 자연스레 역겨움이 사라지는 건 아니다. "겸손함은 내 전문분야가 아니다."라니. 폴 발레리의 "어리석음은 나의 강점이 아니다."라는 문장이 절로 떠오르는.

당신에게 있어, 강점이 아닌 것은 무엇인가? 강점이나 약점을 생각하는 대신, 이런 방식도 좋겠다, 정신위생엔 말이다.

뒷모습: 4인의 여자와 1인의 남자

뒷모습 하면, 아무래도 덴마크의 화가, 뒷모습의 대가라고 부를 만한 법한, 빌헬름 함메르쇠이Vilhelm Hammershøi로 시작해야 하지 않을까? 그의 그림 중 하나, 「Interior, Woman at the open door」.

왜 이 화가는 이렇게 뒷모습만을 고집했을까? 그가 모델로 썼다는 두 여자, 아내와 하녀는 늘 왜 얼굴을 숨기고 있을까? 그리고 왜 늘 검은 옷만을 입고 있을까? 최소한 내게 있어 이 그림-작가는 온전히 푼크툼이 된다: 지극히 사적이며, 왜 좋아하는지 알 수 없으며, 수많은 왜들에 대해 절대 대답해 주지 않는. 거기에 대한 답을 어느 날 얻게 되면, 실망할 수도 있으리라. 그리하여, 내게 하는 다짐: 차라리, 상상하고 가짜 이야기를 만들라, 시들은-시시한 진짜 정보를 구하느니.

다음은 클림트Gustav Klimt의 1902년작 「금붕어Goldfish」. 이 그림 속 여자는 함메르쇠이와 달리 얼굴을 보여준다. 반쯤 돌린 얼굴에 떠오른 조소의-유혹의-힐난의-경멸의 눈길. 기꺼이 경멸을 받고 싶어지는 매혹적인 눈

빌헬름 함메르쇠이, 「Interior. Woman at the open door」(1905)

길. 원래 자신을 비난하는 평론가들을 힐난하기 위해 「나의 평론가들에게」라는 제목을 붙였다가 친구의 조언에 고쳤다는 뒷얘기는 정말로 필요 없는 사족이리라. 그렇다, '왜'의 비밀이 벗겨지는 순간, 매혹은 사라진다, 정말로 자주.

다음은 미국 화가 앤드류 와이어스Andrew Wyeth의 1948년작 「Christina's World」. 말들을, 설명들을 온통 얼어붙게 만드는 비어 있는 공간이 만드는 박력. 이 화가의 다른 그림들도, 사람이 나오는 그림은 사람이 나오는 그림대로, 사람이 나오지 않는 그림은 사람이 나오지 않는 그림대로 아름답다. 날카롭고, 슬프고, 외롭고, 헛헛하다. 그보다 대략 1.5세대 앞섰던 미국 화가 에드워드 호퍼의 그림이 세련되고, 이해하기 쉽고, 가끔은 따뜻하고, 천천히 감정을 건드린다면, 이 화가의 그림은 조금 더 날카롭고 황량하고 극적이다.

다음은 그리스 시대의 건물들을 배경으로 벌거벗은 여자들이 활보하는 밤의 공간을 자주 그렸던 벨기에 화가 폴 델보Paul Delvaux의 1969년작 「The Acropolis」. 상반신이 드러나는 흰색 가운을 입고 램프를 들고 어디로 무리지어서 걸어가는 여자들. 원래 그의 그림 속에서 남자들은 희박하지만 이 그림에선 아예 보이지도 않는다. 다들 어디가 있는 걸까?

마지막 그림은 남자의 뒷모습으로. 「샤워하기 직전, 소년A boy about to take a shower」이라는 데이비드 호크니David Hockney의 1964년 그림. 그의 잘 알려진 성적 취향을 상기할 때, 참으로 직설적인 그림. 마치 『롤리타Lolita』의 험버트 험버트Humbert Humbert처럼 명확하고, 단단하고, 아주 간단히 이름붙일

구스타프 클림트, 「금붕어」(1902)

수 있는 욕망의 주인공. 혹은 그런 욕망을 가진 사람만이 그릴 수 있는 단순하고 명쾌한 그림.

　사족 하나, 여기저기서 주운 뒷모습에 대한 부스러기들. 공교롭게도 성적인 함의가 담뿍 담긴, 아주 자주 현대의 젠더 감수성과 몇 백 광년 떨어진 것들처럼 보이는.

　　엉덩이가 없는 여자는 교회가 없는 마을과 같다.
　　—밀로라드 파비치^{Milorad Pavić}, 『하자르 사전^{Dictionary of the Khazars}』

　　동성애는 자기의 항문을 자기의 성기 앞으로 옮겨 놓으려고 하는 이루어질 수 없는 시도의 절충안에 지나지 않는다.
　　—오에 겐자부로^{大江健三郎}, 『침묵의 외침^{叫び声}』

책 속의 그림. 데이비드 호크니, 「Peter Getting out of Nick's Pool」

그의 잘 알려진 성적 취향을 상기할 때, 참으로 직설적인 그림. 마치 『롤리타』의 험버트 험버트처럼 명확하고, 단단하고, 아주 간단히 이름붙일 수 있는 욕망의 주인공. 혹은 그런 욕망을 가진 사람만이 그릴 수 있는 단순하고 명쾌한 그림.

라자로야, 이리 나와라
—세 편의 소설에 등장하는 라자로와 예수

예수의 기적 중 가장 임팩트 있는 건, 기적 중의 기적, 라자로Lagarus의 부활이 아니겠는가? 난이도 7, 8짜리 기적 찔끔찔끔 흘려도 콧방귀도 안 뀌는 의심 많은 유대인들에게 특별히 선보이는 난이도 10짜리 기적. 이래도 안 믿겠냐는 식의 오기마저 묻어나는 기적. 우선 단테의 『신곡』, 밀턴의 『실락원』 등에서 그의 화려한 솜씨를 선보였던 귀스타브 도레의 판화부터 먼저 보자.

> 예수님께서는 이렇게 말씀하시고 나서 큰 소리로 외치셨다. "라자로 야, 이리 나와라." 그러자 죽었던 이가 손과 발은 천으로 감기고 얼굴은 수건으로 감싸인 채 나왔다.
> —「요한복음」, 11:43

그러자 죽은 지 나흘 만에(예수의 기록을 이미 하루 능가하는 기록을 라

디에고 벨라스케스, 「Christ in the House of Martha and Mary」(1618)
전경에서 절구에 무언가를 찧으며 거울 속에 비치는 예수와 마리아의 모습을 바라보는
마르타의 질투어린 눈빛이 인상적인 그림.

자로는 보유하고 있었던 거다!) 라자로는 살아났다. 여기까지가 성경. 하지
만 우리의 훌륭한 소설가들은 이 이야기를 복음사가들에게만 맡겨두고
싶은 마음이 없었다. 우선 『그리스인 조르바』로 유명한 니코스 카잔차
키스의 『최후의 유혹^{Ο τελευταίος πειρασμός}』, 그리스도의 일대기를 창작-개
작-모작한 소설을 들여다보자. 아차차, 그전에 우선, 라자로의 누이들을
소개해야겠다. 부활한 남자, 라자로에게는 두 명의 누이가 있었다. 마르
타와 마리아. 「루카복음」에 보면, 예수가 두 여자의 집을 방문했는데, 마
리아는 예수의 발치에만 앉아 있고, 마르타는 갖가지 시중드는 일로 분
주했다.

> 그래서 예수님께 다가가 "주님, 제 동생이 저 혼자 시중들게 내버려
> 두는데도 보고만 계십니까? 저를 도우라고 동생에게 일러주십시오." 하
> 고 말하였다. 주님께서 마르타에게 대답하셨다. 마르타야, 마르타야! 너
> 는 많은 일을 염려하고 걱정하는구나. 그러나 필요한 것은 한 가지뿐이
> 다. 마리아는 좋은 몫을 선택했다. 그리고 그것을 빼앗기지 않을 것이다."
> —「루카복음」, 10:42

그림은 벨라스케스^{Diego Velázquez}가 그린 「Christ in the House of Martha and
Mary」. 전경에서 절구에 무언가를 찧으며 거울 속에 비치는 예수와 마리
아의 모습을 바라보는 마르타의 질투어린 눈빛이 인상적인 그림.
　자, 이 그림을 소개한 이유는 이런 거다, 카잔차키스식 예수의 일대기

에서는 거의 끄트머리에 가서, 예수가, 하느님이 준 인류 구원의 사명을 모두 던져버리고, 이 두 여자가 사는 집을 찾아가서 함께 산다. 심지어, 그는 그가 부활시켰던(하지만 이 소설 속에서 라자로는 이미 바라빠를 비롯한 열혈당원들에게 다시 죽음을 당했다!) 라자로로 변한다. 그리하여, 그는 두 여자와 산다. 그를 그 집으로 인도한 천사-악마는 예수를 다음과 같이 꼬드겨 마리아뿐만 아니라 마르타와도 같이 자게 한다.

"내가 전에 얘기해 주었는데, 잊으셨나요? 세상에 여자란 하나뿐이어서, 수많은 얼굴이 존재하지만, 모두 한 여자예요."

다음 소설은 구 유고 작가 보리슬라프 패키치$^{Borislav Pekić}$의 『기적의 시대$^{Vreme čuda}$』. 와! 이 책은, 과히 신성모독^{Sacrilegium}으로 불리워도 손색없겠다. 카잔차키스나 다음에 소개할 주제 사라마구$^{José Saramago}$의 경우, 예수의 일대기를 재해석하는 데 기본적으로 예수란 인물에 대한 존경을 깔고 가는 데 반해, 여기엔 그런 냄새가 전혀 없다. 1부 기적의 시대를 보면, 예수의 권능-기적을 부정하지는 않으나, 기적의 결과가 인간들의 어리석음과 예수의 통찰력 부족으로 인해(혹은 주님의 길이 아니라 인간의 길을 걸으려 했던 유다의 고집 때문에), 도리어 기적의 도구가 되었던 인간들에게 비참한 결과를 초래하고 만다. 웃으면 안 될 것 같은데, 웃기면서 또 끔찍하고 잔혹한 기적의 결과들.

1부 기적의 시대 마지막 이야기가 바로 라자로의 종의 시각으로 그려지는 라자로의 부활. 라자로는 예수에 의해 부활했으나('당'했으나, 라고 쓰는 게 맞겠다, 여기선) 예수의 존재를 부정하고 싶어하는 사두가이파인들의 음모에 휘말려, 그 부활을 부정당하고 다시 우매한 군중들에게 돌을 맞아 죽는다. 거듭되는 살해와 부활. 그리고, 죽은 것도 산 것도 아닌 라자로의 좀비 같은 상황. 아래 종 히브리와 라자로의 대화를 보라.

"또 예수가 그랬습니까? 나자렛의 예수가 그랬습니까?" 내가 주인님에게 물었습니다. "그래, 이런 빌어먹을……" 주인님이 치를 떨었습니다.

자, 이제 마지막 소설. 주제 사라마구의 『예수의 제2복음 O Evangelho segundo Jesus Cristo』. 사실, 이 라자로 이야기를 꺼낸 것도 모두 이 소설 덕분이다. 이 세 소설 중 가장 재미있고 감동적인 작품. 예수가 보지 못한—혹은 예수의 시대가 보지 못한—여러 가지 다채로운 시각들이 넘치는(항상 주변인으로만 겉돌던 예수의 호적만의 아버지, 요셉 이야기도 여기선 충분히 다루어진다), 따뜻하지만, 멍청한 낙관주의에만 끌려가는 것도 아닌 아름다운 소설. 이 소설에서 예수는 막달라 마리아를 제자 겸 애인으로 데리고 다니며 복음을 전파하다 막달라 마리아의 남동생인 라자로가 죽었다는 소식을 듣는다. 또 다른 여동생인 마르타의 부탁에 라자로를 살리려는 순간의 장면. 이 소설을 통틀어 가장 인상적이었던.

나자로여, 일어나라. 그것이 하느님의 뜻이므로 나자로는 죽음에서 일어날 것이다. 그러나 바로 그 순간 막달라 마리아가 예수의 어깨에 손을 얹고 말했다. 누구도 두 번 죽을 만큼 죄를 지을 수는 없어요. 그러자 예수는 팔을 떨어뜨리고 밖으로 나가 흐느꼈다.

그렇다, 멋진 원작은 자주 리메이크된다. 후대에 태어난 똑똑한 이들의 손에 의해서. 그리고 가끔은 그럴싸하다.

이상한 제목의 그림들

―이미지와 언어의 충돌

　당신은 그림에서 제목의 역할이 무엇이라고 생각하는가? 그림에 대한 설명? 그냥 있어도 좋고 없어도 그만인 부록 같은 것? 화가가 그림에 덧붙이는 서명? 그림 속 화가가 숨겨 놓은 상징에 대한 작은 힌트? 오늘은 그런 일반적인 생각들을 산산히 바수어 놓을 수 있는 그림들을 소개하려고 한다.

　우선 조르조 데 키리코의 1914년작 「사랑의 찬가Le chant d'amour」부터! 초록색 공과 그리스식 두상과 붉은 장갑이라는 어처구니없는 조합도 문제지만, 거기에 붙은 제목 역시 그림을 배신한다. 혹은 그림 앞에서 어리둥절해하고 있는 감상자의 뒤통수를 한번 더 후려갈긴다. 어딜 봐서 이 그림이 사랑을 노래한다는 건가!!

　키리코의 그림으로 하나 더. 「어린아이의 머리Le Cerveau de l'enfant」(1914)라는 이름이 붙은, 곱슬곱슬한 가슴털 아저씨의 그림. 도대체 1914년에는 무슨 일이 있던 걸까? 일시적으로 이탈리아의 수질이 나빠졌던 걸까?

조르조 데 키리코, 「사랑의 찬가」(1914)

초록색 공과 그리스식 두상과 붉은 장갑이라는 어처구니없는 조합도 문제지만, 거기에 붙은 제목 역시 그림을 배신한다. 혹은 그림 앞에서 어리둥절해하고 있는 감상자의 뒤통수를 한번 더 후려갈긴다. 어딜 봐서 이 그림이 사랑을 노래한다는 건가!!

자, 이제 앙트레^{Entrée}로 넘어가 보자. 이미지와 언어라고 하면 뭐니뭐니 해도 르네 마그리트 아니겠는가? 우선 제일 먼저 떠오르는 그림 하나. 달리는 지프 위에서 같은 방향으로 달리고 있는 말과 기수^{騎手}를 그린 1960년작.

당신이라면 어떤 제목을 지어주고 싶은가? 내 지극히 정상적인 머리에서 나온 아이디어들:「불운」,「시끄러운 천장」,「길 잃은 기수」. 이 정도도 충분할 듯하지만, 마그리트의 선택은「신들의 분노^{La Colère des Dieux}」였다. 문자의 배반—이미지에 대한 혹은 그 이미지를 보고, 제목에서(그러니까 기표에서) 이미지(그러니까, 갑자기 기의의 자리를 차지하게 된)를 설명-보충할 기표를 기대했을 감상자에 대한 배반.

실은 마그리트의 그림은 태반이 이런 식이다. 문자와 이미지의 충돌, 그 사이의 미묘한 혹은 노골적인 긴장. 자, 다음 장 그림은 조금 더 뻔뻔한 버전이라고 하겠다. 그의 문자를 가지고 하는 유희의 얼개가 좀 더 명확히 드러나 보이는. 1953년작「좋은 예^{Le Bon Example}」.

그림에 쓰여 있는 불어는 'Personnage Assis', 앉아 있는 사람이란 뜻인 듯하다. 앉아 있는 사람이라 써 놓고, 서 있는 사람을 그리고, 제목을「좋은 예」라고 붙이는 이 삼중의 줄넘기 곡예라니!! 이런 유머가, 이런 마그리트 아저씨의 빨강이 나를 매혹시킨다.

다음은 역시 좋아하는 그림「수태고지^{L'Annonciation}」. 놀라거나 수줍어해야 할 마리아는 사라졌고, 대천사 가브리엘도 없고, 백합도 없고, 성경책은 실종되었고, 루카의 상징인 황소 역시 부재 중이고, 다들 어디로 사

르네 마그리트, 「좋은 예」(1953)

그림에 쓰여 있는 불어는 'Personnage Assis', 앉아 있는 사람이란 뜻인 듯하다. 앉아 있는 사람이라 써 놓고, 서 있는 사람을 그리고, 제목을 「좋은 예」라고 붙이는 이 삼중의 줄넘기 곡예라니!! 이런 유머가, 이런 마그리트 아저씨의 빨강이 나를 매혹시킨다.

라지고, 빌보케와 오리가미용 종이와 방울만 남은 이상한 풍경화.

달리^{Salvador Dali}는 조금 다르다. 얼핏 마그리트와 비슷한 계열처럼 보이지만, 최소한 그의 제목은, 그가 자신의 그림에 제목을 붙이는 방식은 다르다. 그의 제목은 설명적이거나 상징적이거나, 혹은 과잉적이다. 그의 제목은 그림을 더 화려하게 꾸밀 뿐, 그림과 제목 사이에 긴장을 유발시키지 않는다. 달리와 마그리트가 장미를 대하는 방식을 비교해 보는 것이 좋겠다.

달리의 1958년작 「명상하는 장미^{Meditative Rose}」와 마그리트의 1961년작 「레슬링 선수의 무덤^{Le tombeau des Lutteurs}」을 처음 제목 없이 그림만 본다면, 어떤 게 달리 그림이고, 어떤 게 마그리트 그림일지 헷갈릴 수 있다. 하지만 제목을 알려준다면, 모든 것이 명백해진다. 이 정도면 어떤 게 달리고, 어떤 게 마그리트인지 설명할 필요가 없을 듯.

자 마지막은, 부스러기로. 이 역시 마그리트의 작은 그림 에세이^{Essay}에서 발췌한 말.

오브제는 더 적합한 다른 이름을 찾을 수 없을 정도로 그 이름에 고정되어 있는 건 아니다.

그렇게 말하자마자 그는 나무 잎사귀에 대포라고 쓴다.

제3부 부스러기들

쓸모없는 재능, 첫 번째 이야기
—無用之用

몸에서든 영혼에서든 마음에서든, 팔릴 수 있는 재능, 어디 숨어 있기만 하다면야 탈탈 털어내 모조리 팔아야 한다는 세상에 어쩌면 어울리지 않을 몇 편의 짧은 문장들. 그 첫 번째는 미국의 반골 작가 커트 보니것^{Kurt Vonnegut}이 1997년에 출간한 소설, 『타임 퀘이크^{Time Quake}』에서,

재능이 있다고 그걸로 꼭 뭘 해야 하는 것은 아니다.

또 하나는 『장자』의 「인간세^{人間世}」 9장에 나오는 글.

계수나무는 먹을 수 있기에 베어지고 옻나무는 쓸모가 있기에 잘린다. 사람들은 쓸모 있는 것의 쓰임새는 알면서도 쓸모없는 것의 쓰임새는 알지 못한다(人皆知有用之用而莫知無用之用也).

같은 책,『외편^{外篇}』「산목」에도 비슷한 구절이 반복된다.

이 나무는 재목이 되지 못해 천수를 누리는구나(此木以不材得終千年).

프랑스의 은둔자, 파스칼 키냐르의 2002년작,『떠도는 그림자들^{Les} ^{Ombres errantes}』에서 찾은, 툴루즈의 학자와 소피우스 비서관 사이의 대화 중 한 부분.『장자』에서 그토록 반복되었던 무용한 것들의 유용함 혹은 무 용지용^{無用之用}.

창 던지는 자, 방책 제조자, 수레 제조인, 현악기 제조인, 선박 제조 인에게 쓸모가 없는 나무들은 무용한 것들이 누리는 풍요로운 유용성 을 맛보게 된답니다.

황급히 내리는 엉성한 결론: 뭇사람들이 당신의 재능을 몰라본다고 불 평하지 말고, 당신의 재능이 세상에 무용하다 해도 창피해하지는 말자!

부스러기들, 롤랑 바르트의 『사랑의 단상』에서

묵혀 두었던 숙제를 방금 마쳤다. 몇 달 전에 다시 읽었던 롤랑 바르트의 『사랑의 단상Fragments d'un Discours Amoureux』에서 주운 부스러기들을 방금 전에 포스트잇 위로 옮겨 적었다.

이건 십 년 넘은 내 습관이다. 책에서 맘에 드는 문장을 만나면 당장 눈에 띌락 말락 접어둔 후(그러니까 소위 dog ear를 만들고) 다 읽은 후에 포스트잇으로 옮겨 적기. 그리고 그렇게 만난 문장들을 부스러기라고 부르기. 어떤 책엔 부스러기가 참 많다, 『사랑의 단상』처럼 말이다. 하지만, 부스러기가 많다고 좋은 책은 아니다. 카프카의 『실종자Der Verschollene』에서 나는 부스러기 하나 줍지 못했다. 원전에서 떼어내도 자족할 수 있는, 인용할 만한 문장이 많다고 해서 꼭 좋은 책이 아니란 건, 내겐 너무 자명하다.

『사랑의 단상』에서 엄선한 부스러기 세 조각;

그렇게 만난 문장들을 부스러기라고 부르기

너의 광기를 이해하라(Comprenez votre folie).

이 문장은 저자가 플라톤의 『향연Symposion』을 논하다가(동성애를 옹호하기 위해, 인간이 처음에는 남-여, 남-남, 여-여 이렇게 세 가지 종류의 합쳐진 인간형으로 존재했다가 나중에 분리되었고, 그 후에 분리된 상대 짝을 그리워하게-욕망하게 된다는 이야기가 나오는), 거기에서 인용했다는 말인데, 정작 나는 이 말을 『향연』에서 찾지 못했다. 바르트, 그가 실수한 걸까, 아니면 내가 들고 있는 『향연』을 번역한 천병희 선생님이 실수한 걸까? 아니면 『사랑의 단상』의 역자인 김희영 님이 실수한 걸까, 그도 아니면 내가 못 찾은 걸까? 멋진 부스러기인데, 그 원본을 찾지 못하는 일만큼 두고 두고 이 사이에 낀 생선가시처럼 신경 쓰이는 일도 없다.

또 하나의 질문. 자신의 광기를 이해하는 것이 중요하다는 데엔 동의할 수 있지만, 그러면 문제가 해결될까? 그걸로 나는-우리는 구원받을 수 있을까? 그와 반대되는 구절은, 영국의 추리소설 작가 바바라 바인 Barbara Vine의 『솔로몬의 카펫King Solomon's Carpet』에서 찾을 수 있다.

> 최악은, 미쳤으면서 자신이 미친 걸 안다는 거요.

나는 미치지 않았다. 당신이 아무리 확정적인 증거를 들이밀며 나를 미쳤다고 선언해도 소용없다, 나는 내 자신이 미치지 않았다는 데 내 손모가지를 걸겠다. 그렇다, 내가 미쳤다면 차선으로 미친 걸 모르는 쪽을 택하겠다.

『사랑의 단상』에서 부스러기 하나 더,

> 나는 타자가 아니다, 그것이 바로 나를 공포에 떨게 한다(Je ne suis pas un autre : c'est ce que je constate avec effroi).

이 말은 19세기의 프랑스 산(産) 미친 시인 랭보(그가 미쳤다는 것 역시 확실해 보인다)의 유명한 선언 "나는 타자이다(Je est un autre)."에 대한 바르트의 대구이다. 사랑을 하면 더 이상 스스로에게서 떨어져 나갈 수 없다는 변명 아닌 변명.

　그리고 마지막 부스러기, 왜 이렇게 비슷비슷한 사랑 얘기가 끊이지 않고 반복되는가 궁금하다면, 새겨들을 만한 이야기.

　　　독창적인 사랑이란 존재하지 않는다(aucun amour n'est originel).

　서정주 시인식으로 말하자면, 나를 키운 건 팔 할이 부스러기다. 이렇게 말하면 당연, 과장이겠지만, 가끔 나는 내가 순수하게 타인이 만든 문장들로 만들어진 존재이면 얼마나 좋을까 하는 생각을 하게 된다.

쓸모없는 재능, 두 번째 이야기
—모자 장수, 측량사, 그리고 인디언 바구니 행상

혹은 세상에서 필요로 하지 않는 재능-물건을 굳이 팔려는 사람들에 대한 이야기.

우선 다시 『장자』에서부터 시작하자. 이 부분은 『장자』를 혼자 읽을 때 그냥 지나쳤는데, 나중에 강신주의 『장자, 차이를 횡단하는 즐거운 모험』을 읽다가 재발견한 문장이다. 『장자』「내편內篇」 소요유逍遙遊에 나오는 부분.

> 송나라 사람이 '장보'라는 모자를 밑천 삼아 월나라로 장사를 갔다. 그런데 월나라 사람들은 머리를 짧게 깎고 문신을 하고 있어서 그런 모자를 필요로 하지 않았다.

저자는 이 이야기를 더 발전시켜 타자성과의 조우, 코기토의 순간, 자신-자아의 발견, 나아가 연대의 시작으로 읽었지만 그의 해석과 나의 독해 방식은 다르다(그게 뭐 문제겠는가, 모든 독서가 오독^{誤讀}이라면). 나는 그저 장자의 책에서 반복되었던 무용지용, 혹은 '세상에서 필요로 하지 않는 것을 팔아야 하는 자의 서글픈 깨달음의 순간' 정도로 읽었다. 딱 거기서 멈춰서 버렸다.

카프카의 『성^{Das Schloss}』에는 모자 장수 대신에 측량사가 나온다.

> 당신 말대로 당신은 측량사로 채용되었소. 그런데 안됐지만 우린 측량사가 필요치 않아요.

침대맡에서 주인공 K에게 면장이 한 말이다. 이 무슨 날벼락 같은 말인지. K는 성이 있는 마을로 찾아갔지만, 반복해서(때론 이렇게 직설적으로 혹은 우회적으로) 자신은 거기에 필요하지 않다는 말을 듣는다. 하지만 그는 포기하지 않고 자신의 존재를-존재의 타당성/정당성을 증명하기 위해, 자신을 고용-소환했다고 믿어지는 성^城에 접근하기 위해, 여러 가지 노력을 기울인다. 그리하여, 도로^{徒勞}라는 짧은 말로 절대 요약할 수 없는 그의 매혹적인 여정이 시작된다.

마지막으로, 모자장수와 측량사의 조금 더 뻔뻔스러운 버전을 헨리 데이비드 소로^{Henry David Thoreau}의 『월든^{Walden}』에서도 만날 수 있다. 바구니를 파는 인디언 행상.

> 얼마 전에 인디언 행상이 우리 마을에 사는 유명한 변호사의 집으로

바구니를 팔러 왔다. "바구니를 사지 않겠습니까?" 하고 그는 물었다. "아니오, 살 생각이 없습니다."라는 것이 그의 대답이었다. "뭐요? 우리를 굶겨 죽일 생각이오?" 하고 대문을 나가면서 그 인디언은 외쳤다.

만에 하나, 당신이 세상에서 필요로 하지 않는 재능을 가지고 있다면 (그렇지 않겠지만, 그렇지 않기를 바라지만), 그리고 그것을 이제 깨달았다면, 당신은 어떻게 행동하겠는가? 모자 대신 문신 기술을 습득하겠는가? 아니면 K처럼 시스템에 우회–접근하여 자신의 필요를 증명하려고 지난한 노력을 펼치겠는가? 아니면 윌든의 인디언 원주민처럼 사람들에게 자신의 재능을 사라고 덥석 내밀고 거부하는 변호사에게 화를 낼텐가?

쓸모없는 재능, 세 번째 이야기

—구슬 장수와 빙과 장수

다시 한 번 세상에서 필요로 하지 않는 것을 굳이 팔고자 하는 사람들에 대한 이야기. 왜 꼭 그런 걸 팔려고 하는 걸까, 굳이?

흔히 서양인들이 쓴 동양 미술책은 자주 역사책이나 지리서나 시대-풍속연구서로 전락하는 경우가 많다(최소한 내게 당장 떠오른 것만도 세 권. 가장 끔찍했던 책은 예경에서 나온 『에도시대의 일본 미술』. 이 책의 지은이는 모른다, 이미 책은 팔아 버렸고, 저자를 알기 위해 인터넷을 뒤지는 수고를 들이고 싶은 마음도 안 든다). 하지만 한국 사람으로 보이는 분이 쓴 중국 미술 소개서, 이성희의 『꼭 한번 보고 싶은 중국 옛그림』은 얼마나 재미있는지! 촌스러운 책 제목만 빼면 대만족!

거기서 만난 그림-시. 명대의 화가 서위徐渭의 『묵포도도墨葡萄圖』. 자유로운 필법으로 흘러내리는 포도덩쿨도 눈을 떼기 힘들게 하지만, 화폭 위편에 금세라도 날아갈 듯 자유롭게 휘청대는 화제시畵題詩의 한 구절이 가슴 아프다.

서위, 「묵포도도」

半生落魄已成翁　불우한 반평생에 이미 늙은이 되어

獨立書齋嘯晚風　서재에 홀로 서서 저녁 풍경을 읊조려 본다

筆底明珠無處賣　붓으로 그린 구슬은 팔 곳이 없어

閑抛閑擲野藤中　내키는 대로 덤불 속에 던져진다

　붓으로 그린 구슬을 팔 곳이 없어, 이 문장이 자꾸 눈에 밟힌다. 차라리 구슬을 '만들어' 팔 것이지 왜 그리 '그려서' 팔려고 했던고.

　시대를 막론하고, 동서를 막론하고 꼭 남들이 사고 싶지 않아 할 만한 것만 팔려는 자들이 있다. 박솔뫼의 『백 행을 쓰고 싶다』라는 소설에서 읽었던 데라야마 슈지라는 일본 작가의 동명의 시 한 구절.

　　검은 비로 만든 빙과를 팔고 싶다.

　누가, 누가 그딴 걸 사먹겠는가? 이 역시 팔리지 않을 것이다.

헬러윈 기념, 미드에서 날아온 부스러기 세 조각

—「덱스터」와 「CSI: Las Vegas」로부터

책과 그림을 내 부스러기 컬렉션의 일용할 양식으로 삼아 왔지만 오늘은 조금 다른 장르에서-미국 드라마에서 발견한 부스러기들을 소개하려 한다.

우선 미국 드라마 「덱스터Dexter」. 주인공 덱스터는 사이코패스로 태어났지만, 경찰인 양아버지 밑에서 자라면서 자신의 살인 본능을 숨기고 살아가기 위해 혈흔 분석가가 되어 교묘히 법망을 빠져나가는 범죄자들을(그러니까 자신을 닮은 사이코패스 연쇄살인마들을) 살해하면서 자신이 타고난 살인 본능을 충족시킨다. 그리하여 이 기다란 시리즈의 초간단 결론: 21세기엔 DNA가 환경을 극복한다, 혹은 인간은 타고나는 존재다, 길러지는 존재가 아니고.

각설하고 두 개의 부스러기. 우선 시즌 1, 에피소드 4에서 주운 첫 번째 부스러기.

People think that it's fun to pretend you're a monster. me, I spend my life pretending I'm not(사람들은 괴물인 척하는 것이 재미있다고 생각한다. 하지만 나는 한평생을 괴물이 아닌 척하면서 살아왔다).

이 대사는 미제 공휴일 핼러윈을 배경으로 한 에피소드에서 나온 주인공 덱스터의 독백이다(오해하지 말도록, 나는 핼러윈이 무엇인지도 모르고 관심도 없다). 현대판 지킬 박사와 하이드 씨에게 참으로 적절한 대사. 나 역시 사람들이 과묵까진 아니더라도 이상한 존재로 볼까 자주 마음 졸였더랬다.

그리고 다음 부스러기는 시즌 2, 에피소드 4에서 주운, 여자친구의 부모를 만나기 전, 몽환적인 음악과 함께 흘러나오던 덱스터의 독백. 이런 독백들로만 지어진 드라마를 보고 싶다는 건 너무 무리한 희망이겠지, 아마도.

I have been always good with parents. The key is to simply think them as alien from distant universe(나는 늘 부모들과 잘 지내왔다. 비결은 단순하다: 그들을 먼 우주에서 날아온 외계인으로 생각하는 것).

그리고 마지막 부스러기는 「CSI: Las Vegas」 시즌 2의 『Altar boy(복사, 服事)』편에 나오는, 우리의 위대한 인용가 길 그리섬 반장(나는 셰익스피어 할애비가 와도 셰익스피어를, 그리고 성경을, 그렇게 상황에 딱 맞게, 그렇게 버벅대지 않고 길 반장처럼 인용하긴 쉽지 않을 거라 생각한다. 혹은 질투한다)과 신부 파웰의 대화에서.

Light bulb goes out other people fix it, get a new one. Light bulb goes out for the Catholic he stands in the dark says, "What did I do wrong?"(전구에 불이 나가면 다른 사람들은 고치고 새 걸로 갈지만, 가톨릭 신자들은 불이 나가면 어둠 속에 서서 이렇게 말한다네. "내가 뭘 잘못한 걸까?")

내 오래된, 다시 한 번 단죄받아 마땅할 편견과 딱 들어맞는 구절이다. 프로테스탄트는 타인을 불평하고, 가톨릭은 자신을 책망한다는 나의 케케묵은 편견에 말이다. 나는 이 구절을 아래와 같이 21세기 버전으로 바꾸어 보았다.

두 가지 종류의 사람이 있다. 비데를 쓸 때마다 자신의 항문 위치를 탓하는 사람과 비데 제조사를 탓하는 사람.

당신은 어떤 종류의 인간인가?

카프카의 「법 앞에서」 읽기,
아니 읽는 대신 다른 부스러기들 나열하기
—도스토예프스키와 키르케고르와 아이리스 머독과 카렐 차페크의 경우

늘 그렇듯 카프카에서 시작하자. 그의 빛나는 짧은 단편 「법 앞에서^{Vor dem Gesetz}」는 시골에서 올라와 '법' 안으로 들어가려는 남자와 그가 '법' 안으로 들어가는 것을 막는 (하지만, 지금은 안 되지만 나중에는 들어갈 수 있게 될지도 모른다며 막연한 희망을 던져주는) 문지기 사이에서 벌어지는 우화다. 평생을 법 앞에서 기다리다 죽어가는 남자가 문지기에게 지난 수년 동안 왜 아무도 들어가길 원하지 않았냐고 묻자, 돌아오는 문지기의 대답.

이곳에서는 자네 이외에는 아무도 입장을 허락받을 수가 없네. 왜냐하면 이 입구는 단지 너만을 위해서 정해진 곳이기 때문이야.

이 끊임없는 오독을 재생산해 내는 이야기는 카프카의 몇 안 되는 장편 중 하나인 『소송^{Der Prozeß}』의 9장 「대성당에서」에 신부와 K의 대화 형식으로 삽입되어 있기도 하다. 나는 이 우화를 인간의-개별자의, 법-심판의 체계를 세운 건, 신이 아니고 인간 혹은 각각의 개별자라는 주장으로 읽는다. 하아, 이렇게 써놓고 나니 얼마나 김빠지는 문장인지. 이쯤에서 황급히 집어던지는 부스러기들. 문지기의 알 듯 모를 듯한 대답과 닮아 있는 것으로 여겨지는 다른 부스러기들.

첫 번째 부스러기는 도스토예프스키Dostoevskii의 『악령Be с и 』에서. 니꼴라이 스따브로긴의 고백의 일부분.

> 나 혼자만이 자신을 기소할 뿐이지, 따로 공소를 제기할 사람은 아무도 없기 때문이다.

카프카가 즐겨 읽었다는 덴마크의 철학자 키르케고르Sören Kierkegaard의 『죽음에 이르는 병』에서도 비슷한 부스러기가 눈에 밟힌다.

> 그것은 심판이 개별자에게 관계하는 데서 오는 것이다. 심판은 집단적으로 행사될 수 없다.

시간을 좀 뛰어넘어 1958년 영국의 여류소설가 아이리스 머독Iris Murdoch은 종교에 대한 이야기를 다룬 장편소설 『종The Bell』에서 이런 부스러기를 흘린다.

오직 심판이 있다면 자기 자신이 내리는 것이요. 그리고 그것이 어떤 심판이든지 간에 다른 사람과는 관계 없는 오직 개인적인 문제요.

자, 이제 마지막 부스러기, 카렐 차페크^{Karel Capek}의 「최후의 심판」에서. 최후의 심판장에서 연쇄살인범 쿠글러와 신과의 대화로부터.

"하지만 왜 당신(神)은 심판하지 않습니까?"(……)"내가 모든 것을 알기 때문일세. 재판관이 모든 것을 안다면…… 그야말로 완벽하게 모든 것을 안다면 말일세, 그는 재판을 할 수가 없네. 모든 사정을 이해하면 무척이나 가슴이 아프다네. 그러니 어떻게 재판을 할 수 있겠나? 자네를 재판하려면 오직 자네의 범죄에 대해서만 알아야 하네. 하지만 나는 자네의 모든 걸 알고 있지…….""하지만 왜 같은 사람들이 심판을 합니까? 여기 저승에서조차."(……)"그건 사람들 일은 사람들끼리 해결해야 하기 때문이지. 자네도 알다시피 나는 그저 증인에 불과하네. 언제나 판결을 내리는 건 사람이지. 여기 저승에서도 그러하네."

더 단순해졌는가? 더 복잡해졌는가? 그 답은 당신들의 법정에서 찾도록!

돼지가 땡기는 날

—세 가지 코스로 이루어진 돼지 요리 조식 정찬

며칠 전 호구지책을 위해 어딘가로 아침 일찍 차를 몰고 가다 실제 있었던 이야기다. 시작은 내가 가장 좋아하는 국산 밴드 어어부漁魚夫 프로젝트 사운드의 「밭가는 돼지」부터였다.

이 노래는 어어부 프로젝트 밴드의 세 번째 앨범 『21c new hair』(2000)의 11번째 트랙이다. 가장 아방가르드하고 가장 놀라웠던 그들의 두 번째 앨범 「개, 럭키스타」(1998)보다 전체적인 완성도나 개개 싱글의 충격량은 떨어졌지만, 여기에도 반짝반짝대는 노래들이 가득하다. 영화 「반칙왕」의 OST, 「사각의 진혼곡」은 신나고, 이상은이 함께 부른 「중국인 자매」는 아프고, 「양떼구름」은 한없이 슬프고, 「밭가는 돼지」는 아름답다(와, 이렇게밖에 설명할 수 없는 내 무딘 혀라니. 마치 서로 다른 과일의 맛을 색으로 표현하라는 요청을 받은 장님 이발사 같은 꼴이 아닌가!). 말해서 무엇하리, 그저 늘 하던 것처럼 후렴구를-부스러기를 옮겨본다.

밭가는 돼지 살았다는 전설이 있다

신비로운 돼지 그 이름도 찬란하다

밥먹는 돼지 밥 보면 어쩔 수가 없다

난 그냥 돼지

밥 먹는 돼지다

이래도 별로 소용이 없는 듯. 음악의 아름다움을 글로 옮기는 데 얼마나 내가 서툰지! 어쨌건, 그랬다, 이 노래를 듣고 나자 돼지가 땡겼다. 그래서 USB 속에서 또 다른 돼지를 찾았다. 두 번째는 Nine Inch Nails의 「Piggy」.

이 노래는 밴드의 두 번째 앨범 『The Downward Spiral』의 두 번째 싱글이다. 바로 앞에 나오는 첫 번째 트랙 「Mr. Self Destruct」의 강렬한 사운드의 뒤를 따르는, 음울하고 단조롭고 무겁고, 사운드는 조용한 듯하면서도 과격함을 버리지 않는 멋진 이 싱글을 그날 아침 돼지 요리 코스의 두 번째 접시로 골랐다.

그리고 마지막 접시는 Pink Floyd의 「Pigs(Three Different Ones)」, 표지가 인상적이기로 유명한 앨범, 『Animals』의 세 번째 싱글. 역시 마지막 접시는 익숙한 걸로. 너무나 유명한 밴드-앨범-싱글. 더 이상 말이 필요 없을.

그렇다, 그렇게 아침부터 돼지가 땡기는 날도 있는 것이다. 아침에 돼지를 듣고, 저녁 집에 돌아와서 돼지를 먹는 대신, 돼지로 만들어진 부스

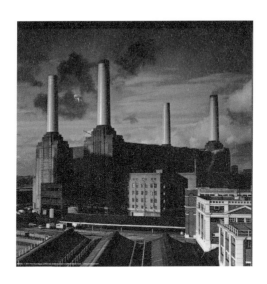

핑크 플로이드, 『Animals』(1977)

러기들을 찾아 읽었다. 디저트로 돼지로 만든 부스러기 두 조각으로 입가심! 순서대로 「마태복음」 7장 6절, 그리고 페르난두 페소아의 『불안의 서』에서.

거룩한 것을 개들에게 주지 말고 너희의 진주를 돼지들 앞에 던지지 마라.

대개의 돼지들은 자신이 돼지라는 사실에 저항한다.

어떻게 시작할 것인가? 어떻게 끝낼 것인가?

한동안, 멋진 문장으로 시작하는 소설-책에 대한 리뷰가 유행이었더 랬다. 나 역시 숟가락을 얹고 싶은 마음에 인상적인 시작 두 개와 인상 적인 마무리 두 개를 뽑아 본다.

멋진 문장으로 시작하는 소설부터. 뭐니 뭐니 해도 내게 가장 박력(자 신) 있는 시작은 오르한 파묵Orhan Pamuk의 『새로운 인생Yeni Hayat』이다. 이왕 지르려면 이 정도는 질러야 하는 거 아닌가 하는 생각이 절로 드는.

어느 날 한 권의 책을 읽었다. 그리고 나의 인생은 송두리째 바뀌었다.

마치, 당신-독자가 이 책을 읽음으로써 당신-독자의 인생도 송두리 째 바뀔 거라고 선언-독촉하는 듯한 느낌의 시작. 돌이켜보면, 내 인생 은 이 책을 읽은 후 크게 바뀌진 않았지만 최소한 작가에 대한 내 평가 는 바뀌었고, 『내 이름은 빨강』을 읽고 이 작가의 다른 작품들을 더 읽을

지 말지 고민하던 내게, 그 고민을 덜어주었던 것만큼은 사실이다. 그래서, 덤으로 기막히게 멋진 책, 『검은 책Kara Kitap』도 만날 수 있었던 거구.

또 다른 인상적인 시작은 폴 발레리Paul Valery의 『테스트 씨Monsieur Teste』의 첫 번째 문장.

어리석음은 나의 강점이 아니다.

이게 무슨 소린지? 이 난해한 책에서 이 문장이 무엇을 뜻하는지 온전히 읽어내긴 쉽지 않지만, 그 단서가 될 두 부스러기를 하나는 같은 책에서, 다른 하나는 괴테의 『친화력Die Wahlverwandtschaften』에서 차례대로 인용해 본다.

우리가 막강하다고 여기는 정신은 모두 저를 알리려는 실수에서 시작한다.

위대한 인간들은 항상 어리석음을 통해서 그들의 세기와 관련을 맺는다.

나는 그렇게 읽었다. 물론 오독의 가능성은 열려 있지만.

자, 이번에는 인상적인 마무리 두 꼭지. 먼저 일본의 도발적인 노작가 (노인이 주인공으로 나오는 작가의 『열쇠』를 인상적으로 읽어 그런지, 내게 이

작가는 늘 '노'작가로 여겨진다, 그럴 리 없는데 말이다) 다니자키 준이치로^{谷崎潤一郎}의 『미친 사랑^{痴人の愛}』의 마지막 문장.

> 이것을 읽고 어처구니없다고 생각하는 분은 웃어주십시오. 교훈이 된다고 생각하는 분은 본보기로 삼아주시고. 나 자신은 나오미에게 홀딱 반해버렸으니까 어떻게 생각하셔도 어쩔 수 없습니다. 나오미는 올해 스물세 살이고 나는 서른여섯 살이 됩니다.

하긴, 소설이라면 으레 유용한 정보를 주거나, 공감할 수 있는 감정적인 울림을 주거나, 머리를 때리는 교훈을 주어야 한다고 생각할 만한 시대-나라에 살고 있던 작가에게, 이런 변명이라도 늘어놓지 않은 채, 이런 어이없는 내용의 책을 마무리 짓는 건 왠지 찜찜했으리라.

마지막을 장식할 마지막 문장. 설명이 필요 없는 혹은 너무 많이 우려먹어서-먹을 예정이라 군더더기를 붙이기 민망한 카프카^{Franz Kafka}의 『소송^{Der Prozess}』에서, 드디어 기다리던 처형이 이루어진 다음, 누구의 입에서 흘러나온 말인지 알 수 없는(K에게서? 처형자들에게서? 작가에게서? 신에게서?) 마지막 문장.

> 그가 죽은 후에는 치욕만이 남아 있을 것 같았다.

실은 여기까지 하고 끝내야 하는데, 갑자기 한 권 더 생각난다. 끊어야 할 때 끊지 못하는 것을 나의 기나긴 '제조자의 결함' 리스트에 집어 넣으며 (내 결함이 아니라 제조자의 결함이라 이야기할 때 나는 얼마나 편안 해지는지! 이래서 다들 유일신을 믿는 거겠지, 아마도) 아주 어렸을 때 읽은 유대계 미국 작가 솔 벨로^{Saul Bellow}의 『허공에 매달린 사나이^{Dangling Man}』 의 마지막. 입대하기 전 주인공의 독백 혹은 선언.

Hurray for regular hours! 규칙에 매인 시간이여, 만세!

And for the supervision of the spirit! 그리고 감시가 붙은 정신에도!

Long live regimentation! 획일화여 영원하라!

한동안 내가 들고 다니던 노트에 적혀 있었던 문장.

A Coat, a Hat and a Gun
―후까시를 잡으려면 말로처럼

어쩌다 보니 작가라는 명패를 차게 되었고, 그렇기 때문에 더더욱 이런 근거 불명의 일본 말을 써선 안 된다는 것쯤은 잘 알고 있지만, 레이먼드 챈들러^{Raymond Chandler}가 창조한 사립탐정 필립 말로^{Philip Marlowe}를 논하는 데, 이보다 다 적절한 단어를 찾긴 쉽지 않은 노릇이다. 미안, 한번만 더 쓰자, 후까시를 잡으려면 말로처럼.

'가장 좋아하는'이란 수식구는 사실 장르를 불문하고 함부로 쓰기 힘든 일인데(사람은 늘 변하는 법이니까), 거의 20년 동안 추리소설 작가라는 직업 앞에는 늘 그냥 습관적으로 갖다 놓아도 어색하지 않은 작가가 내겐 바로 레이먼드 챈들러다.

심지어는 The Library of America 판 뒤에 실려 있는 연대기도 볼 만하다. 31살의 나이에 당시 49살이던(그러니까 자그마치 18살 연상)의 시시^{Cissy}와 연애를 시작하나, 어머니의 반대로 결혼은 못하다가(잘 모르지만, 이번만은 어머니의 마음이 이해되는 것 같은 기분은 뭘까?) 1924년, 그러니까 36살에 어머니가 돌아가시자 결혼에 성공. 같은 해에 도브니 오일^{Dobney Oil}이란 회사의 부사장이 되어 LA 지사를 맡게 되나, 8년 뒤 44살에 '잦은 건망증과 지나친 음주'로 해고됨. 51살이 되어서야 첫 번째 장편 『거대한 잠^{The Big Sleep}』을 출판하여 호평을 받음. 그 후 7권의 장편을 써내며 승승장구하다 66살이 되던 해에 부인 시시가 죽고 나자(84살이니까 천수를 누렸다 할 수 있지 않을까?) 실의에 빠져 자살을 시도하고, 지나친 옴주 덕분에 친구에 의해 요양소에 입원. 몇 차례 음주-입원을 반복하다 70살에 사망.

장편들의 목록을 살펴보면, 발표 순서대로,

『거대한 잠^{The Big Sleep}』(1939)

『안녕, 내 사랑^{Farewell, My Loverly}』(1940)

『높은 창^{The High Window}』(1942)

『호수의 여인^{The Lady in the Lake}』(1943)

『작은 여동생^{The Little Sister}』(1949)

『기나긴 이별^{The Long Goodbye}』(1954)

『Play Back』(1958)

자, 작가가 아니라 탐정으로, 후까시의 아버지 말로로 돌아와 보자. 위의 장편들에서 주인공 말로는 늘 일인칭 주인공 '나'로 등장한다. 이 작품에서 가장 인상 깊은 부분은 말로의 독백과 시니컬한 대화다(그가 대화하는 사람은 매우 제한적이다: 그에게 돈을 주며 일을 의뢰하는 부자 늙은

이, 항상 품에서 총을 꺼낼 준비가 되어 있는 악당, 그리고 대부분 말로의 매력에 몸을 던질 태세를 마친 금발의 미인, 그리고 악당이거나 정직하고 고지식하지만 그닥 머리가 뛰어나진 않은 형사-경찰).

그렇다, 간단히 말해 그의 소설은 독백과 대화와 직유법으로 점철된 묘사로 이루어진다.

우선 부자 의뢰인들과의 대화에서 주운 부스러기 두 개. 그의 허세 넘치는 혓바닥은 그의 주머니에 돈을 채워줄 부자 할아버지-할머니 앞에서도 멈추지 않는다.

> "와일드 밑에서 일하는 것이 싫었던가?" "해고를 당했습니다. 명령에 복종하지 않았다는 이유로 말입니다. 복종하지 않는 것이 제 장기지요, 장군님.(I test very high on insubordination, General)."
> ―『The Big Sleep』에서

> "당신, 나는 별로 안 좋아하는군, 그렇지?" (······) "당신을 좋아하는 사람도 있습니까?(Does anybody?)"
> ―『The High Window』에서

미녀들과의 대화에서도 마찬가지다. 정말 철벽남이 읊어야 할 대사들의 포켓판형 모음집이라도 들고 다니는 게 아닐까 하는 생각이 들 정도.

"면도기가 있다면 그 목을 따 버리고 싶네요. 뭐가 흘러나오는지 보고 싶어요.""나오는 건 애벌레의 피야("Caterpillar blood," I said)."

— 『The Big Sleep』에서

"그는 라스베이거스로 가는 버스에 타고 있어요. 친구가 일을 주선해 준다고 해서요." 그녀는 갑자기 밝은 목소리로 말했다. "라스베이거스라구요? 옛날 생각을 해 낸 거예요. 우리가 결혼한 곳이거든요.""잊었을 겁니다. 기억하고 있다면 딴 곳으로 갔겠지요.("I guess he forgot," I said, "or he would have gone somewhere else.")"

—『The Long Goodbye』에서

그리고 마지막으로 내가 가장 좋아하는 대목. 챈들러를, 말로를 떠올릴 때마다, 호구지책 때문에 축 늘어져 있을 때마다 생각나는 문장. 『Farewell, My Lovely』에서

나는 술이 필요했다. 거액의 생명보험이 필요했다. 휴가가 필요했다. 시골별장이 필요했다. 그러나 내게 있는 것은 웃도리와 모자와 권총뿐이었다. 나는 그 세 가지를 지니고 방을 나갔다.(I needed a drink, I needed a lot of life insurance, I needed a vacation, I needed a home in the country. What I had was **a coat**, **a hat and a gun**. I put them on and went out of the room.)

페소아에서 주운 부스러기들, 반짝대는

―혹은 그의 이명(異名) 베르나르두 수아르스에서 주운 부스러기들

언젠가 천재에 대해 이야기하다가, 페소아를 언급했었다. 존재 자체가 단단한 신비인 포르투갈의 다중인격자 페르난두 페소아$^{Fernando\ Pessoa}$의 글 속에서 내가 얼마나 많은 부스러기를 주었던가? 특히, 그의 미완성 작 『불안의 서$^{Livor\ do\ Desassossego}$』안에는, 단번에 포착되지 않지만, 갑자기 나를 어딘가 미지의 장소로 데리고 가는 것 같던 부스러기들이 얼마나 많았던가? 그중에서 정말 어렵게 추리고 추린 아름다운 부스러기들.

그렇다, 예술은 인생과 같은 거리, 하지만 다른 번지에 산다.

그 거리에 가보고 싶다. 그 거리 어딘가, 그러니까 예술과 인생의 사이 즈음에서 길을 잃고 싶다.

죽는 날까지 회계원으로 일하기, 아마도 내 운명은 이것이리

라. 그에 비하면 시와 문학은, 엉뚱하게 내 머리에 올라앉아 나를 우스 꽝스럽게 만드는 나비일 뿐이다. 나비의 아름다움이 찬란하면 할수록, 나는 더욱더 우습게 보인다.

이 얘기를 곱씹으면 곱씹을수록 세관원이자 세계 최고의 주말 화가였던 루소Henri Rousseau가, 루소의 그림들이 생각난다. 「나 자신, 초상-풍경Moi-Même, Portrait-Paysage」(1890)을 보라. 심지어 루소의 나비는 아름답지도 않다, 그의 세계에선 나비마저 우스꽝스럽다, 나비의 눈에 비친, 나비의 날개에 새겨진 주인의 문양은 서글프다. 이 그림의 제목에 들어 있는 '풍경'에 대한 페소아의 언급도 들어보자.

아미엘은 말했다. 풍경은 영혼의 어떤 상태라고. 하지만 (……) 영혼의 상태가 하나의 풍경이라고 말하는 편이 더 올바를 것이다.

그렇다, 페소아는 풍경-외면-행동이 아니라, 자아-내면-생각 속으로 언제나 침잠했다. 그리하여 그가 그린 Self-Landscape 혹은 Self-Nature Morte 몇 점을 살펴보자.(한데 그의 마음은 풍경에 가까울까, 정물에 가까울까?)

나는 분노하지 않는다. 분노는 강한 자들의 일이다. 나는 좌절하지 않는다. 좌절은 고귀한 자들의 일이다. 나는 침묵하지 않는다. 침묵은 위대한 자들의 일이다. (……) 나는 오직 아프며, 나는 오직 꿈꾼다.

앙리 루소, 「나 자신, 초상-풍경」(1890)

나는 내 안의 수심을 재고 있다가 측량기를 떨어뜨려 버렸다.

나는 존재하지 않는 도시의 교외이고, 결코 쓰이지 않을 책에 대한 장황한 해설이다.

이 '나-풍경' 혹은 '나-정물'에 대한 끊임없는 들여다봄-분석이 그 수많은 이명Heteronym들의 원천이 되었으리라. 마지막 부스러기는 임종의 자리에서 그가 했다는 이야기. 트렁크 속에 오랫동안 갇혀 있었던 페소아를 연구하고 소개했던 이탈리아 작가 안토니오 타부키의 『사람들이 가득한 트렁크Un Baule Pieno Di Gente』에서 읽은 문장. 짧고 강렬한 문장. 페소아가 임종의 자리에서 유서처럼 흘렸다는 말.

내 안경을 주시오.

누군가가 마지막으로 남긴 부스러기들

평생 동안 말하기-글쓰기를 업으로 삼았던 사람들에게, 마지막 말이란 건(혹은 마지막 글이라건) 얼마나 각별한 의미를 지닐까? 아무도 어디에 닿을지 확신할 수 없는 여행을 떠나기 전, 마지막으로 남기는 말. 우선 지나친 에너지를 어깨에 짊어지고 피곤한 삶을 살았던 제3세계 지식인들의 마지막 부스러기 두 조각.

칠레-멕시코의 가장 실험적이면서도 정열적인 작가 로베르토 볼라뇨가 쓴, 무지무지 긴, 그의 말을 빌리자면 '피를 흘리고 치명적인 상처를 입고 악취를 풍기면서' 쓴 장편 『2666』을 마치고 남겼다는 부스러기.

친구들이여, 이것이 전부다. 난 모든 걸 해보았고, 모든 걸 경험했다. 기운이 있다면 울음을 터뜨릴 것이다. 이제 당신들에게 작별 인사를 한다.

『그리스인 조르바^{Βίος και Πολιτεία του Αλέξη Ζορμπά}』로 유명한 그리스의 작가 니코스 카잔차키스^{Νίκος Καζαντζάκης}의 비명^{碑銘}은 아래와 같다. 이 둘이 서로 참 닮았다는 생각 혹은 부러움.

아무것도 바라지 않는다. 나는 아무것도 두려워하지 않는다. 나는 자유다.(Δεν ελπίζω τίποτα. Δε φοβούμαι τίποτα. Είμαι λέφτερος.)

십자가 위에서 숨을 거두기 직전 예수가 남겼다는 마지막 말엔 몇 가지 다른 버전들이 존재하지만, 인간과 신의 경계에서 '피를 흘렸던' 남자가 할 법한 가장 그럴싸한 말은 「마태오」(27:46)와 「마르코」(15:34)의 버전이다, 예수가 아람어로 했다는 말.

엘로이 엘로이 레마 사박타니 ܐܠܗܝ ܐܠܗܝ ܠܡܢܐ ܫܒܩܬܢܝ (하느님, 하느님, 어찌하여 저를 버리시나이까?)

루카의 버전이나("아버지, 제 영을 아버지 손에 맡깁니다", 23:46) 요한의 버전은("다 이루어졌다", 19:30) 확실히 덜 인간적이다. 누군가 체면 차리기 좋아하는 오래전 꼰대가 슬쩍 손을 댄 냄새가 난다. 그중 어떤 것이 진실에 가까운지 내기를 해야 한다면, 두 복음사가가 공통적으로 증언하고, 왠지 히브리어가 아니라 아람어라니 신뢰가 더 가는 마태-마르코의 증언에 돈을 걸고 싶다.

다음은 플라톤의 『파이돈Φαίδων』에서 읽은 소크라테스의 마지막 유언, 너무나도 범속해서 되려 기억에 오래오래 머물던.

크리톤, 우리는 아스클레피오스에게 수탉 한 마리를 빚지고 있네, 잊지 말고 그분께 빚진 것을 꼭 갚도록 하게.

만약에 당신이 누군가에게 빚을 지고 있다면, 그리고 마음이 약하다면, 빨리 빚부터 갚아라. 이런 없어 보이는 말로 당신의 마지막을 장식하고 싶지 않다면.

진짜 마지막은 이슬람권의 독신 시인 마아리Al-Ma'arri가 자신의 비명에 새긴 말이라고.

이 악(惡)은 아버지가 나에게 베푼 일
하지만 나는 누구에게도 이 일을 베풀지 않았다.

누군가에게 생명을 주는, 어쩌면 너무나 놀라운 일이지만 더더욱 놀랍게도 대부분의 인간들이 별 생각 없이 행하는(혹은 범하는) 일을 끝내 하지 않은 자신에 대한 상찬을 자신의 비명에 새겨놓았던 남자. '악을 베풀기' 전에 한번쯤은 상기해 볼 만하지 않겠는가? 이미, 그 악을 행했다면, 별 수 없다, 잊어버려라.

당신은 당신의 마지막을 어떤 부스러기로 장식하고 싶은가?

내가 비명^{碑銘}을 남길 수 있다면, 고르고 싶은 문장. 페소아의 또 다른 이명, 리카르두 레이스^{Ricardo Reis}의 시에서 주운 부스러기.

그래봐야 기껏(Como se fosse apenas)

잘 둔 체스 한 판의 기억(A memória de um jogo bem jogado)

단테의 연옥에서 만나는 일곱 가지의 대죄

모건 프리먼과 브래드 피트가 형사 짝패로 나오는 1995년작 「세븐Seven」을 아시는가? 이 영화엔 카톨릭에서 말하는 일곱 가지 대죄septem peccata capitalia를 테마로 한 연쇄살인사건이 벌어진다. 인상적인 첫 번째 살인은 탐식(貪食, Gluttony(영), Gula(라틴))으로 시작된다.

자, 그러면 카톨릭의 일곱 가지 대죄에 대해 알아보자. 단테 알리기에리Dante Alighieri의 『신곡La Divina Commedia』 중 연옥Purgatorium 편에 나오는 순서대로. 교만(Pride/Superbia), 질투(Envy/Invidia), 분노(Wrath/Ira), 태만(Sloth/Acedia), 탐욕(Greed/Avaritia), 탐식(Gluttony/Gula), 탐색(Lust/Luxuria).

연옥이란 곳은 지옥에 갈 만큼 큰 죄는 짓지 않았지만, 천국에 가기엔 부족한, 그러니까 천국행 수능의 2등급 인간들이 함께 모여 정화의 과정을 거쳐 천국으로 가기 위해 합숙하는 일종의 기숙학원 같은 곳이다, 카톨릭에만 있는(프로테스탄트는 이런 측면에서 훨씬 남자답다, 그야말로 '모' 아니면 '도'인 것이다). 이 시대의 사람들은 지구가 하나의 구라면 연옥은 예루살렘의 정반대쪽에 위치한다고 믿었다. 그렇다, 지리상의 발견과 우주관측기술의 발전이 지구와 태양계 안에 존재하던 카톨릭의 지옥, 연옥, 천국을 영원히 '어떤 알 수 없는 존재하지 않는' 곳으로 추방해 버린 것이다.

몇 차례 언급되었던 것처럼, 단테의 『신곡』을 더욱 빛내주는 건 귀스타브 도레Gustave Doré의 삽화들이다. 그중, 일곱 가지 대죄 중 첫 번째인 교만의 비탈에서 죄인들이 무거운 돌을 나르는 장면과(12장), 다섯 번째인 탐욕의 비탈에서 영혼들이 땅바닥에 붙어 고통을 당하는 장면(19장)이 인상적이다.

이 연옥의 비탈에 순서를 기억해 두려는 건 특별한 이유가 있어서인데 아래와 같은 부스러기를 「연옥」편에서 찾을 수 있기 때문이다.

> 이 산은 항상 처음에 아래서는 힘이
> 들지만 오르면 오를수록 힘이 덜 든다.

그렇다, 단테는 혹은 단테가 살던 시기에는, 교만, 질투, 분노, 태만, 탐욕, 탐식, 탐색 중에서 순서대로 교만을 가장 중한 죄로 탐색을 가장 약한 죄로 보았던 거다. 왜? 왜? 왜? 당신이라면 어떻게 이 일곱 가지 죄를 줄 세울 것인가?

자, 이제 첫 번째 그림을 보자. 단테의 『신곡』을 그대로 그림으로 옮긴 도미니코 디 미켈리노Domenico di Michelino의 「단테의 신곡La Divina Commedia di Dante」.

도미니코 디 미켈리노, 「단테의 신곡」(15세기)

　이 그림의 가장 왼쪽의 아치형 문 위에는 "여기 들어오는 너희는 모든 희망을 버릴지어다^{Lasciate Ogni Speranza Voi Ch'entrate}"라는 유명한 글귀가 보인다. 당연, 지옥으로의 입구가 되겠다. 입구를 지나면 벌거벗은 채 지하로 끌려가는 불쌍한 죄인들이 득시글득시글. 그리고 중앙에 제7의 대죄를 정화하는 일곱 개의 비탈이 있는 연옥이 보인다. 재미있는 것은 신곡의 「연옥」편에 의하면 연옥에 도착하면 이마에 일곱 개의 p를 새긴다고(P는 라틴어로 Peccatum, 즉 죄를 뜻한다고. 첫 번째 언덕의 중앙을 보면, 날개 달린 조류가 재수생들의 이마에 무언가를 새기고 있다). 한 비탈에서 고행-정화

히에로니무스 보쉬, 「The Seven Deadly Sins and the Four Last Things」(16세기)

를 수행하고 다음으로 넘어갈 때마다 p를 하나씩 지우는 설정. 와! 1300
년대 작품이라곤 생각하기 힘든 세련된 설정. 그리고 각각의 언덕은 앞
에서 말한 순서처럼, 철저하게 '디미누엔도(점점 약하게)'를 따라, 1층 교
만에서부터, 질투, 분노, 태만, 탐욕, 탐식을 거쳐, 마지막 7층 언덕, 탐색
에 이르게 된다.

　자, 이번엔 마드리드의 프라도 미술관에 있는 히에로니무스 보쉬

Hieromymus Bosch 의 「The Seven Deadly Sins and the Four Last Things」을 보라. 원의 위쪽 12시에서부터 시계방향으로 각각, 탐식, 태만, 탐색, 교만, 분노, 질투, 탐욕까지 7가지 죄가 부채꼴로 펼쳐져 있다.

혹시나 당신이 운 좋게 연옥에 간다면 이 두 도상을 길잡이로 삼아도 좋겠다. 그런데 갑자기 불쑥 솟아오르는, 가능한, 하지만 존재하지 않는 독자들로부터의 가상 질문: 당신은 신을 믿는가? 지옥의 존재를, 연옥의 비탈길을, 이마에 새겨진 P가 사라진다는 기적을, 천국에 서식한다는 천사를 믿는가? 내 대답 대신 보르헤스가 「토론Discusión」에 남긴 부스러기를 옮겨보자.

가톨릭 신자는 초월세계를 믿는다. 그런데 내가 보기에 이들은 초월세계에는 관심이 없다. 나는 그 반대다. 초월세계에 관심이 많지만 믿지는 않는다.

그렇다, 나는 신이 아니라 인간이 만든 것에, 신이라는 핑계를 대고 인간이 만든 그 거대한 잉여에 관심이 있을 뿐이다. 신이 만든 내세? 그런 게 있다면 어쩔 수 없는 노릇 아니겠는가! 신의 아들이라는 예수가 한 말을 다시 한번 옮겨 본다(「마태」, 22:21).

가이사의 것은 가이사에게.

주^註가 되겠다는 주^註의 야심
—이치은, 나보코프, 로브그리예의 경우

주^註란 글의 특정 부분을 조금 더 자세히 설명해 주는, 그러니까 일종의 부록처럼 촌충처럼 글 속에 기생하는 글이다. 주로 학술서적이나 논문 같은 데서 사용되는 장치. 이를테면 자크 르 고프^{Jacques Le Goff}의 『연옥의 탄생^{La Naissance Purgatoire}』의 두꺼운 옆구리를 붙잡고 페이지를 후루룩 넘기면 벌레알 같은 주^註들이 후드득 튀어나온다.

물론 드물지만 소설에서도, 특히 외국 번역소설에서는 가끔 만날 수 있다, 작가가 아닌 번역자의 손에 의해서 만들어진 주들 말이다. 역주^{譯註}라는 이름하에 다른 나라의 지명이나, 우리에게 익숙지 않은 고유명사를 설명하기 위해 번역자가 주를 다는 경우는 흔하다.

하지만, 작가 자신이 스스로 자신의 소설에 주를 다는 경우도 있다. 우선 쑥스럽지만 내가 쓴 소설, 『노예, 틈입자, 파괴자』부터. 각주가 아니라 미주로 뽑아 뒤로 모아두었다. 주 속에 주를 또 다는 놀이를 하며, 엄청난 난이도의, 이를테면 두 번 몸 뒤틀어 앞 공중 2회전 반 같은 곡예를 펼치고 있다고 상상하며 흐뭇했던 기억이 난다, 어리석게도.

두 번째로는 블라디미르 나보코프의 『창백한 불꽃』. 이 책을 단순히 주가 많은 책이다라고 설명한다면 잘못된 소개가 될 것이다. 존 셰이드라는 대학교수가 쓴 1000행짜리 시 「창백한 불꽃」을 책 맨 앞에 배치하고, 그 후 주석자이며 동료 교수이자 수상쩍은 이웃이자 과대망상증 환자인 찰스 킨보트가 각 행에 대해 자신 나름의 주석을 달아 모은 것이 바로 이 장편소설의 얼개다. 말하자면, 주석으로 지어진 소설이다. 한데, 재미있는 건, 시에 대해 주석을 단다고는 하지만, 실은 이 찰스 킨보트라는 주석자(혹은 과대망상형 음모론자)는 시에 대해 이야기하는 척하다 스리슬쩍 자신의 이야기로 넘어가서, 자신이 젬블라라는 가공의 나라에서 망명한 왕자라는 주장을 펼친다. 그리하여 시는 온데간데없이 사라지고, 주석이 모여 과대망상증 환자의 자전적 이야기를 만든다. 어이없다고도 대담하다고도 볼 수 있는 설정의 소설.

마지막은 1950~60년대에 프랑스의 누보로망을 이끌었던 로브그리예 Alain Robbe-Grillet의 2001년작 『되풀이 La Reprise』. 실험성 강한 작품을 수없이 선보였던 노장은 79살의 나이에 다시 한 번 그전엔 시도해 보지 않았던 비기秘技를 선보인다. 이 그닥 길지 않은 이 소설에는 14개의 주가 나오는데, 두 줄짜리 주도 나오지만, 주 11은 무려 26페이지가 넘는다. 이쯤 되면 처음엔 주가 소설의 조연만 묵묵히 맡다가 서서히 주가 소설 전체의 주인공이 되는 것 같은 느낌. 주가 먹살 잡고 가면서 점점 화자의 아이덴티티가 혼란스러워지는 인상적인 작품.

아, 이렇게 끝내려니 아쉽다. 『창백한 불꽃』에서 주운 부스러기 세 개만 공유하자. 가끔은 책 세 권과 부스러기 세 개만으로도 수많은 이들을 먹여 살리는 기적이 나오기도 하는 법이니. 오병이어^{五餠二魚}의 기적 대신, 삼권삼편^{三冊三片}의 쇼. 여전히 입김에서 묻어나는 나보코프 특유의 자기중심적 과대망상증의 비린 냄새, 하지만 그냥 지나치게 안 되는.

다른 인간은 죽는다, 그러나 나는 다른 인간이 아니다, 그러므로 나는 죽지 않을 것이다.

어떤 비평가가 저자의 정직성에 관해 이야기한다면, 그 비평가나 저자 양쪽 다 바보라고 생각합니다.

일곱 가지 대죄는 전부 가벼운 죄들이지만 그중에서 세 가지, 즉 교만과 분노와 나태 없이는 시란 태어날 수 없었을 것입니다.

냄새가 고약하지만 맛은 여전히 매력적인, 열대과일 두리안을 닮은 나보코프의 부스러기들.

만화책에서 내린 부스러기 두 조각

—우라사와 나오키와 타케히코 이노우에

부스러기들은 만화책에서도 내린다. 시작은 21세기 최대의 떡밥 투척꾼 우라사와 나오키浦沢直樹(나 역시 얼마나 자주 그가 던진 미끈한 미끼에 혹해 버둥거렸던가!). 여러 가지 시간대와 시점이 교체-교차되면서 천천히 드러나는 윤곽, 과거의 어린이들 놀이가 거대한 악몽으로 변해 버린 미래, 그리고 그 악몽의 중심에 서 있는 것이 틀림없는 감춰진 악의 중심 혹은 화신이 인상적인 『20세기 소년20世紀少年』, 『21세기 소년21世紀少年』. 시작은 그 얼마나 창대했던가! 처음에 너무 벌여놓는 바람에 나중에 다물어지기 힘들었던, 한 12권 정도로 끝냈었다면 딱이었을 이야기. 이야기의 초반 4권 어디선가 주운 부스러기. 중국 고전에서 주운 부스러기라고 해도 그냥 넘어갈 것 같은 부스러기.

'강하다'라는 것은 '약함'을 아는 것…… '약하다'는 것은 '겁을 내는' 것…… '겁을 내는' 것은 '소중한 것을 가지고 있다는' 것…… '소중한

우라사와 나오키, 『20세기 소년』

것을 가지고 있다'는 것은 '강하다'는 것이지.

자 이번엔 『슬램덩크SLAM DUNK, スラムダンク』를 그린 이노우에 다케히코 井上雄彦의 후속작, 휠체어 농구를 소재로 한 『리얼リアル』에서 떨어진 부스러기. 팀의 패배와 주인공의 부상으로 끝나는 마무리 덕분에 속편을 기다리던 독자들에게, 난데없이 휠체어 농구를 던진 작가의 결단이 놀라운 이 신작에서 찾은 부스러기. 이기적인 플레이를 일삼는다고 비난받던 주인공에게 코치가 던진 말.

싸우는 자라면 우선은 내가 최고라는 거대한 에고를 가져야 한다.

패배, 좌절 등 여러 가지 경험으로 언젠간 다듬어져 모양을 갖추겠지. 그게 바로 성숙이다. 반대의 경우는 없다. 성숙한 뒤에 에고를 갖는 건 없어.

모난 돌이 정 맞는다, 라는 말이 어쩌면 세계에서 가장 잘 어울릴 일본이란 나라에서 절대 나오지 않을 법한 이야기. 성숙이 아니라, 화和가 아니라, 타인에게 폐를 끼치지 말라는 신신당부가 아니라, 에고이스트가 되라니, 그것도 일본에서. 나도 젊은이들한테 이런 충고를 해야지, 하고 마음속 서랍에 담아만 두었다.

사족. 만화책에서 주운 부스러기가 하나 더 있는데, 카토 모토히로加藤元浩의 『Q.E.D』에서. 코난이나 김전일과는 결이 좀 다른 추리 만화. 그건 이 책의 마지막 장을 위해 남겨놓으려고 한다.

비행기에서 문득 계획의 접착제가 떨어져나가다

—페소아 혹은 알베르투 카에이루의 시선집에서 추린 일곱 개의 부스러기

고백하건대 나는 계획으로 조립된 인간이다. 계획으로 접착된 계획이다. 가끔 이 접착제는 너무 단단하게 종잇장들을 붙들고 있어서, 나는 종잇장과 종잇장 사이, 하얀 여백에 적혀 있을 나를 읽을 수 없다. 맨 첫 장과 맨 마지막, 제목과 서투른 광고와 정가만을 알 수 있는 책. 접착제가 붙어 있어 읽을 수 없는 일기장.

그런데 갑자기 비행기서 알베르투 카에이루^{Alberto Caeiro}의 혹은 페르난두 페소아^{Fernando Pessoa}의 시선집을 읽다가 갑자기, 정말 즉흥적으로 이 글을 쓰기로 했다. 마음먹었다. 지금까지 이 책의 순서는, 그리고 그 개수는 다 계획된 것이었다. 그 세밀한 배려. 그 미친 규칙들. 혼자에게만 쓸모 있는 규칙들. 정교하지만 절대 움직이지 않는 태엽. 마치 페르난두 아라발^{Fernando Arrabal}의 부조리극『환도와 리스^{Fando et Lis}』에서 환도가 말한 것 같은 미친 규칙들.

셋의 배수가 되는 날엔 안경을 쓴 사람이 옳다, 짝수의 날은 어머니들이 옳다, 영으로 끝나는 숫자의 날엔 아무도 옳지 않다.

그렇다, 나는 얼마나 즉흥적인 인간이 되고 싶었던가? 하지만 또 얼마나 규칙적이고 계획적인가? 존 버거John Berger의 첫 번째 소설이자 가장 훌륭한(이 두 조합은 어찌나 흔한지, 하지만 동시에 또 얼마나 서글픈지) 작품, 『우리 시대의 화가A Painter of Our Time』에서 읽은 부스러기.

직접 씨를 뿌리고 가꿔서 키운 뿌리채소를 모종삽으로 자랑스럽게 캐는 사람들이 있다. 그런가 하면 풀이 가슴까지 제멋대로 자란 들판에서 우연히 눈에 띄는 열매를 따는 이들도 있다. 대부분의 사람들은 이 두 가지 중 한 방식으로 욕망을 추구한다. 우리는 첫 번째 사람들 같은 인내심을 지니고, 두 번째처럼 즉흥적이어야 한다.

나에겐 인내심만이 있었다. 왜? 무엇을 위해서? 그 많던 '즉흥'들은 다 어디로 간 건가?

창피하다, 계획되지 않은 짧은 글 한토막을 즉흥적으로 쓰는 데 이렇게 많은 부스러기들을 낭비해야 하다니. 그렇다, 이 글은 페소아의 혹은 그의 대표 이명들의 구루Guru인 알베르투 카에이루의 『양떼를 지키는 사람O Guardador de Rebanhos』을 포함한 시선집을 온전히 찬양하기 위해 쓴 글이다. 이 시에 비하면 작년에 읽은 월트 휘트먼^{Walt Whitman}의 『풀잎^{Leaves of Grass}』엔 얼마나 쓸모없는 말들이 많았던지! 그의 넘치는 에너지는 자주 눈살을 찌푸리게 했다(카잔차키스도 같은 별자리를 물고 태어난 게 틀림없을 듯!). 분명, 여러 부분에서 휘트먼과 카에이루는 닮았지만, 카에이루가 몇 배는 더 적확하고, 단순하고, 또 아름답다.

자, 이제 부스러기들. 카에이루에서 주운. 나의 누추한 설명은 누락한다(딱 한 조각, 문맥을 설명해야 할 딱 한 조각만 빼고). 어렵사리 추리고 추린 일곱 개의 부스러기. 우리의 행동하는 영혼이자 열혈 페소아 번역가 김한민 님에게 다시 한 번 감사를!

나는 한 번도 양을 쳐본 적 없지만
쳐본 것이나 다름없다.

유일하게 안타까운 것이 있다면, 기쁘다는 걸 아는 것,
왜냐하면, 몰랐더라면,
기쁘고 슬픈 대신
즐겁고 기뻤을 텐데

나는 신을 믿지 않는다, 한 번도 본 적 없으므로,
내가 그를 믿기를 원한다면
당연히 그가 내게 다가와 말을 건네겠지

그리고 내 문을 열고 들어오며 말하겠지
나한테 이렇게 말하면서, 나 여기 있소!

그의 어머니는 그를 낳기 전에는 사랑을 해본 적도 없었다.
그녀는 여자가 아니었다. 그녀는 가방이었다.
(옮긴이 혹은 나: 그녀는 예수의 어머니 마리아를 가리킨다)

생각하지 않고 볼 줄 아는 것,
볼 때 볼 줄 아는 것,
그리고 볼 때 생각하지 않는 것,
생각할 때 보지 않는 것.

왜냐하면 사물들의 유일한 숨은 의미는
그것들에 아무런 숨은 의미도 없다는 것이다.

나는 마치 금잔화를 믿듯 세상을 믿는다.

　아름답다, 아름답다, 아름답다. 어느 날 알베르투 카에이루가 내게 와
서 진홍꽃 한 송이를 내밀며 이것이 인도에서 데려온 물소라고 한대도
나는 믿을 것이다. 나는 그를 믿을 준비가 되어 있다.

四人의 독설가가 잠언집 안에 숨겨둔 부스러기들

—오스카 와일드, 니체, 플로베르, 라 로슈푸코

잠언집이란 시중에 널리 유통되는 속담이나 경구가 아니라, 스스로 창작한 아포리즘Aphorism들을 모아놓은 책을 일컫는 경우가 많다. 이 분야에서 빼놓으면 섭섭해할 네 명의 독설가가 만든 잠언집에서 만난 부스러기들.

우선 시대를 앞서간 동성연애자이며 유명한 아일랜드산産 독설가 오스카 와일드Oscar Wilde부터. 아차, 아래 부스러기들은 그가 부러 만든 잠언집에서 나온 것은 아니다. 하지만, 그의 소설이나 희곡은 가끔 단지 자신이 창작한 경구를 집어넣기 위해 만든 들러리 같은 게 아닌가 하는 생각이 들 정도다. 감히, 말한다, 그는 놀라운 이야기를 창조할 때보다, 친구들에게 들려줄(경멸-무시의 목적을 위해) 경구를 만들 때 더 기뻐했으리라, 가령 아래와 같은 두 부스러기, 그의 희곡에서 뛰쳐나온.

이 세상에는 단 두 가지의 비극이 있다. 원하는 것을 손에 넣지 못하는 것과 원하는 것을 손에 넣는 것.
　　　—『윈더미어 부인의 부채Lady Windermere's Fan』

　　상대가 기다리고 있다는 것을 알면서도 가지 않는다는 건 언제나 멋
진 일이다.
　　　—『이상적인 남편An Ideal Husband』

　재수 없지만, 요즘 말로 뼈를 때리는 말들. 독일의 꼰대 아저씨, 니체
F. W. Nietzsche도 이 대열에 빠질 생각이 없으리라. 그의 『선악을 넘어서Jenseits
von Gut und Böse』의 4장은 「잠언과 간주곡Sprueche und Zwischenspiele」이라는 제목 아
래 120개 정도의 독설이 날을 세우고 있다. 그중 몇 개만 옮겨 보자.

　　한 사람만을 사랑한다는 것은 일종의 야만행위이다. (……) 신에 대
한 사랑 역시 마찬가지이다.

　　스스로를 모멸하는 자라 하더라도 모멸하는 당사자로서의 자신은
존중하는 법이다.

　　여자는 매력을 상실하는 것과 비례해서 증오하는 법을 배운다.

　이 아저씨의 젠더 감수성에 대해선 내게 불평하지 마라. 그는 21세기

현대인이라면 갖추어야 할 정치적으로 올바른 감수성 중 그 어느 하나도 갖추지 못한 말 그대로의 원시인^{Barbar}인 거다. 이번엔 프랑스로 가보자. 『보바리 부인^{Madame Bovary}』으로 유명한 귀스타브 플로베르^{Gustave Flaubert}의 『통상 관념 사전^{Le Dictionnaire des Idées Reçues}』은 사전이란 가면을 쓰고 있지만, 황산에 가까운 산도^{酸度}를 지닌 신랄한 독설들로 가득하긴 마찬가지. 아주 짧은, 돌림노래 같은 두 개의 부스러기.

낙관주의자: 바보와 대등하다.

바보들: 당신처럼 생각하지 않는 모든 사람들.

17세기 프랑스 작가 라 로슈푸코^{Francois de la Rochefoucauld}도 이 분야에선 빠질 수 없다. 그가 43세부터 쓰기 시작한 『잠언과 성찰^{Réflexions ou sentences et maximes morales}』들에는 당신이 가장 사랑하는 이들에게 들려주지 말아야 할 너무도 뾰족뾰족한, 하지만 일말의 진실이라 불릴 만한 이야기들로 그득하다.

아첨은 위조지폐다. 우리들에게 허영이 없다면 통용되지 않는다.

우리가 자신의 결점을 고백하는 것은, 타인의 마음속에 심어 놓은 나쁜 인상을 솔직하다는 인상으로 바꿔치기 위함이다.

재치 있는 바보같이 곤란한 바보는 없다.

당신은 어떤 바보의 유형에 속하는가? 재치있는 바보는 되지 않기 위해, 바닥에 찰랑찰랑 깔린 미량의 재치라도 깨끗이 닦아내야겠다는 충동이 들게 하는 부스러기.

개선을 거부 혹은 혐오하는 사람들

개선改善, Improvement, Amélioration의 사전적인 의미란 대략 이런 거다. "잘못된 것이나 부족한 것을 고쳐서 더 낫게 만드는 것." 고개 끄덕끄덕. 굳이 이걸 반대해야 할 필요가 있나? 더 좋게 만들겠다는데, 도대체 왜? 아니 아니, 인간은, 그리고 인간이 만든 문명은(이렇게 말할 때엔 긍정적인 뉘앙스!), 혹은 인간이 만든 시스템은(이렇게 말해야 비로소 우리 앞에 깔린 어두운 구름 냄새를 맡을 수 있다) 그렇게 단순하지 않다. 그렇게 단순하지 않은, 개선을 거부했던 사람들이 남긴 부스러기들.

전쟁이 끝난 미국 대륙에 점묘화를 다시 전파시킨 로이 리히텐슈타인Roy Lichtenstein부터. 회화에 말풍선을 그리고 밴데이점Banday dot을 도입해 팝아트의 새로운 지평을 열었던 이 화가가 남긴 대목을 인용해 보자. 개선에 대해, 아주 적극적인 방식은 아니더라도, 거부의 의사를 명확히 드러내는.

나는 사회에 뭔가 가르치려 하거나, 우리의 세상을 더 나은 세상으로 만들려고 애쓰는 주제에는 관심이 없다.

지금도 아프리카 소년들에게 마실 물을 보내거나 해변가에서 플라스틱 쓰레기를 줍거나 고래들을 지키기 위해 포경선 앞에서 시위를 하는 각양각색의 NGO 회원들이 들으면 기함을 할 부스러기가 아닌가! 그뿐인가, 그의 발언들 중 인상을 찌푸리게 하는 발언은 얼마나 많은지. 하지만, 그가 그린 몇몇 그림들은 아름답다, 인정하지 않을 수 없다. 하여, 창작자와 창작품 사이에 놓여진 다시 한번 심연의 해자孩子. 발레리Paul Valéry가 남긴 부스러기 한 토막.

작품이라는 매개체는 그 작품에 감동한 사람들에게 작자의 인품이나 사상에 대한 어떤 개념으로 환원될 수 있는 그 무엇도 가져다주지 않는다.

개선이라면 우리의 카프카Franz Kafka도 빠지고 싶은 마음이 없겠다. 카프카의 세 편의 장편 중 가장 압축적이고 가장 놀라운 이야기 『소송Der Prozess』에서 주운, 개선에 대한 부스러기들. 휴정된 법정에서 만난 재판소 급사의 부인 겸 하녀로 보이는 여자는 어느 날 알 수 없는 이유로 기소-체포된 주인공 K에게 이렇게 묻는다.

"당신은 여기서 무언가 개선해 볼 생각인가 보지요?"

K는 웅얼댄다. 아직 개선도 심판도 모두 자신만을 위해 만들어진 장치라는 걸 깨닫지 못한 K는(영원히 깨닫지 못한다, 책 속에 갇혀 있는 K는) 정답을 모른다. 그리하여 모호하게 중얼대다 이렇게 대답한다.

"……이 사법제도를 개선해야 한다고 해서 잠을 설치는 일도 결코 없을 겁니다."

그리고 같은 책에서 만난 변호사는 K에게 다음과 같이 충고한다. K의 주위에서 유령처럼 출몰하는 개선의 철천지 원수들. 개선에 대한 증오 혹은 철저한 불신?

올바르고 유일한 길은 현실에 만족하는 일입니다. 세세한 점을 일일이 개선할 수 있다 해도—그렇지만 그렇게 생각하는 것은 미친 짓입니다—그것은 나중에 다른 피고인들에게는 약간의 도움이 될지언정 그 때문에 특히 항상 복수를 하려고 노리는 관리들의 눈에 띄게 되면 당사자는 한없는 손해를 당하게 됩니다.

마지막으로는 『열자[列子]』에서 한 구절. 당신을 세상을 이롭게 하기 위해 무엇을 내놓을 준비가 되어 있는가?

옛사람들은 터럭 한 오라기를 손상시켜 온 세상을 이롭게 한다 해도 그것을 내어놓지 않았으며(古之人損一毫利天下不與也).

내가 불신하는 건 무엇인가? 개선의 결과인가, 아니면 개선의 목적어인가? 아니면 개선의 주어, 인간인가? 혹은 그 셋 다인가?

제사^{題詞}를 쓰는 여섯 가지 동기

설도 지났으므로, 제사^{祭祀}가 아니라, 제사^{題詞}에 대한 이야기를 해보자. 언제 어디서나 접할 수 있는 편리한 네이버 국어 사전은 제사^{題詞}가 "책의 첫머리에 그 책과 관계되는 노래나 시 따위를 적은 글"이라고 친절히 또 긍정적으로 설명해 준다. 누구나 접할 수 있는 건 응당 긍정적이어야 하니까. 그런데 한편으로 제사란 닭머리에 붙어 있는 사족^{蛇足}과도 같은 거다. 굳이 넣지 않아도 되는 말, 왜 넣는 걸까?

우선, 누군가에게 고마움을 표현하고 싶은 걸 수도 있다(하지만, 거기에 이름 박히는 사람도 똑같이 생각할지는 글쎄요, 이다). 감사의 모범적인(?) 예 두 가지.

> 이 작품은 허구이며 아무에게도 바치지 않는다.
> ─찰스 부코스키^{Charles Bukowski}, 『우체국^{Post Office}』

아내 앤에게 바침. 아내가 침묵을 지키지 않았더라면 나는 결코 이 책을 쓸 수 없었다.

　　　　―필립 딕$^{Philip\ K.\ Dick}$, 『높은 성의 사내$^{The\ Man\ in\ the\ High\ Castle}$』

어떤 이들은 제사에 성스러운 책의 일부를 인용한다. 권위에 기대려는 걸까?

현재의 삶이란 한낱 스포츠와 여가일 뿐임을 기억하라. ―『쿠란』 57장 「무쇠의 장」

　　　　―제임스 설터$^{James\ Salter}$, 『스포츠와 여가$^{A\ Sport\ and\ a\ Pastime}$』

주님은 여자의 손을 빌려 그를 벌하셨다. ―「유디트서」, 16:5

　　　　―레오폴트 폰 자허-마조흐$^{Leopold\ von\ Sacher-Masoch}$, 『모피를 입은 비너스$^{Venus\ im\ pelz}$』

병이나 이상심리에 자신의 이름이 붙는다면, 아마도 기분이 좋지만은 않겠지. 예를 들면 20세기의 흑사병, AIDS에 '로버트' 씨 병이라는 이름을 붙인다면(허락도 받지 않고), 전국의 로버트 씨가 기분 나빠하지 않을까? 사드 씨야, 좋아할 것 같지만, 마조흐 씨는 마조히즘에 대해 어떻게 생각하실는지, 참으로 궁금한 대목.

간혹 스스로 멋진 말을 지어 제사에 사용하는 경우도 있다. 첫 장을 펴는 순간 읽고 놀라고, 책을 덮다 다시 앞을 펴서 읽고 또 한 번 놀랐던, 하지만 여전히 그때나 지금이나 무얼 뜻하는지 잘 이해할 수 없는 부스러기 한 도막. 아래 말대로라면 나는 몇 차례 거듭 죽었던 듯, 부활의 신비도 없이 말이다.

> 여기 독자가 누워 있다. 그는 두 번 다시 이 책을 펼치지 못하리
> 니⋯⋯. 이곳에 영원히 죽은 채, 잠들다.
> ─밀로라드 파비치^{Milorad Pavić}, 『하자르 사전^{Dictionary of the Khazars}』

네 번째 동기는 속셈이 훤히 들여다보이는 경우. 자신의 소설에 쏟아질 비난을 변호-변명하기 위해 미리 제사에 안전망을 쳐놓는 경우. 하지만, 아래 예들을 보면, 이 정도의 안전망으로는 불충분했다.

> 당신은 생각이 너무 많다. 인간의 범주는 영원이나 영성 혹은 지성
> 만이 아니다. 우리는 태초부터 짐승이었다.
> ─조르주 바타유^{Georges Bataille}, 『눈 이야기^{Histoire de l'œil}』

> 같은 지역에서 발굴된 30만 년 전 두개골 화석을 재검사한 결과 당
> 시 머리 가죽을 벗겼다는 증거가 포착되었다고 발표했다. ─『유마 데일
> 리 선』, 1982년 6월 13일자
> ─코맥 맥카시^{Cormac McCarthy}, 『핏빛 자오선^{Blood Meridian}』

다섯 번째 동기는 사실, 가장 이해하기 힘든데, 이 소중한 공간을(표지를 넘긴 다음 처음 만나게 되는 여백을) 헛소리로 채우는 사람들도 있다.

> 빗변의 제곱은 나머지 두 변 제곱의 합과 같다. ―피타고라스
>   ―장 필립 투생Jean-Philippe Toussaint, 『욕조La Salle de Bains』

> sick fuck sick fuck
> 회전목마가 돌아간다
> 이것은 기계의 기본
> 기둥엔 차가운 피
>   ―황병승,『트랙과 들판의 별』

자, 마지막 동기! 제사를 쓰는 마지막 동기는 바로 오마주다. 단순히 감사의 뜻을 평범하게 쓰는 게 아니라, 한 바퀴 공중곡예를 선보이며 이 글을 쓰는 동기를 넌지시 비치는 경우. 너무 우려먹었던 로베르토 볼라뇨,『아메리카의 나치문학』의 제사를 보라.

> 물살이 완만하고 좋은 자전거나 말을 가지고 있다면 같은 강물에 두 번(개인의 위생적 필요에 따라 세 번까지도) 멱을 감을 수 있다.
>   ―아우구스토 몬테로소

설명이 필요하겠다. 이 소설은 언젠가 한번 설명했던 것 같은데, 보르헤스가 발명한 가짜 소설-소설가 만들기 기법을 극단적으로 증폭시킨 확성기 같은 작품(그러면서도 인간에 대한 갈증을, 목마름을 느끼게 만드니, 이 얼마나 놀라운 소설인가!). 그렇다, 증거는 없지만, 난 이 작품이, 그리고 이 제사가 보르헤스에 대한 오마주라고 여긴다(아니어도 뭐 어쩌겠는가). 보르헤스 책에서 최소한 3번 내지 4번 정도는 본 것 같은, 보르헤스의 최애 인용문 중 하나를 아래에 옮겨본다. 보르헤스는 늘 과거와 현재와 미래 사이의 불연속성을 강조했었다(그래서 어제의 나와 오늘의 나와 내일의 나는 완전히 다른 사람일 수도 있는 거다, 불완전한 기억과 예언 능력에 묶여 있긴 하지만).

이미 수없이 말했듯이, 헤라클레이토스는 그 누구도 똑같은 강물에 몸을 두 번 적실 수 없다고 했습니다.

—보르헤스Jorge Luis Borges, 『말하는 보르헤스Borges Oral』

보르헤스가 Hortus Conclusus에서 이 책의 제사를 읽는다면 퍽 흐뭇해 할 듯.

권력에 대하여

실은 그다지 큰 관심도 없고, 제대로 쥐어본 적도, 앞으로 쥘 가망성도 없고, 쥐고 싶다는 마음도 없어, 크게 고민한 적 없는 주제지만, 많은 사람들이 이 문제에 대해 고민했던 듯. 그렇게 조금씩 조금씩 내 곁에 쌓인 부스러기들.

우선 도스토예프스키의 『죄와 벌Prestuplenie i nakazanie』에서 주운 부스러기.

> 권력이란 다만 그것을 잡기 위해서 몸을 굽힐 수 있는 사람에게만 주어지는 것이다.

오호, 그렇다. 만약 자신이 권력을 잡지 못한 것을 누군가에게 변명해야 하는 일이 생긴다면, 7번 경추가 좋지 않아 허리를 구부리지 못한다고 말하면 될 터.

이번엔 마르크스Karl Heinrich Marx의 『자본론Das Kapital』에서. 마르크스의 『자본론』은 지난 수년간 내가 읽지 못한 책들의 거처에 수줍게 머물러 있지만 (나는 이 책 어딘가에서 내 죄책감의 두께 120cm에 대해 설명했더랬다. 대략『자본론』이 6cm 정도는 지분이 있다), 가라타니 고진이 마르크스가 『자본론』에서 이런 얘기를 했다고 주장했고, 나는 아무 의심 없이 재인용한다.

한 사람이 왕인 것은 그저 다른 사람들이 그에게 신하로써 행동하기 때문이다. 그런데 그들은 반대로 그가 왕이기 때문에 자신들을 신하라고 믿고 있다.

자 더 이상 길을 잃지 않도록 정신 단디 차리자. 가라타니 고진의『트랜스크리틱Transcritique』에서 주운 또 다른 권력구조-발생장치에 대한 엉뚱해 보이는 그의 주장. 이 책에서 그는 '자유'나 '보통(혹은 무기명)'이란 수식어가 붙는 혹은 그렇지 않은 모든 선거제도에 대한 철저한 냉소를 보인다. 나 역시 그닥 선거라는 제도에, 그리고 그 위에 세워진 '대의민주주의'라는 장치에 대해 동감해 본 적 없었다(지금까지 도대체 몇 번 선거를 해 봤던가, 나는? 한 번이었던가? 두 번이었던가?). 나는 동감하지 못한 채 그저 무시할 뿐이지만, 그는 아주 어이없게 들리는 대안을 제안한다.

제비뽑기는 권력이 집중되는 장소에 우연성을 도입하는 것이며, 우연성을 도입함으로써 고정화를 막는 것이다.

다음은 약방의 감초 같은 파스칼 키냐르. 『떠도는 그림자들Les Ombres errantes』에서.

사람들은 시라쿠사의 히에론에 대해 이렇게 말했다. "왕이 되기 위해 그에게 부족한 것은 오직 왕국뿐이다."

당신은 왕이 되길 바라는가? 그러면 왕국은 있는가? 내겐 내가 읽은 책이라는 영토가 있고, 내가 쓴 글이라는 신하가 있고, 내가 읽을 책이라는 미개척지가, 내가 쓸 글이라는 미래의 신민臣民들이 있다. 그걸로 충분하다. 타인이 필요하다면……

마지막은 페소아에게 장식하게 하는 게 어떨까? 부스러기들의 보고, 부스러기들의 유전, 『불안의 서』에서.

타인을 지배해야만 한다는 생각은 타인을 반드시 필요로 한다는 의미다. 우두머리는 종속된 자다.

그렇다, 권력을 휘둘러 지배할 타인이 필요하다는 건 약하다는 증거. 하지만 이 약함을 통해 우리는 권력이 행사되는 풍경을 본다. 그리고 그렇게 권력이 행사되는 과정에서 새로운 약함들이 켜켜이 생산되는 풍경을 본다. 나는 그 풍경에 관심이 없고 싶지만, 자꾸 보인다.

부스러기들, 한 번 더 카프카에서 주운 것들

너무나도 자주-많이 인용했지만, 여전히 내 기억 속에 머무르며 내 무른 무의식의 안껍질을 쿡쿡 쑤시는 카프카의 부스러기들, 아직 소개하지 않은 것들로. 우선 그의 장편 중 가장 압축적이고 완결적인 『소송^{Der} ^{Prozess}』에서 K를 첫 심문으로 인도했던 마법 같은 대사.

"여기 가구사(家具師) 란츠라는 사람 없습니까?"

그는 그저 심리위원회를 찾기 위해 닫혀 있는 방의 문들을 두드리며 그렇게 물었을 뿐이었다. '가구사 란츠'란 건 그저 즉석에서 지어낸 핑계였을 뿐이었다. 그리하여 안에서 문이 열리면, 그는 그저 안을 들여다보고 거기가 첫 심리가 열리는 심리위원회인지 확인하려고만 했을 따름. 하지만 아래 같은 대답이 돌아온다.

"저기예요." 눈이 검고 반짝이는 한 젊은 여자가 큰 대야에 아이 옷가지들을 넣고 빨다가 젖은 손으로 옆방의 열린 문을 가리켰다.

경이들, 어디나 젖은 빨래처럼 널려 있는 경이들. 그리하여, 가구사 란츠 같은 수많은 경이-우연들이 K를 첫 번째 심문으로 안내한다. 다음은 일기에서, 아니 1976년판 『사랑의 형이상학』에서 주운 부스러기 하나. 언제나 그의 확신 없는 발목을 잡아채는 단단한 과거들.

> 나는 다른 사람들과 마찬가지로 헤엄칠 줄을 안다. 다만 나는 다른 사람들보다 기억력이 좋다. 그래서 나는 전에 헤엄칠 줄을 몰랐다는 사실을 잊을 수가 없다. 그렇기 때문에 내가 헤엄을 칠 줄 안다는 것은 나에게 아무 소용이 없다.

하지만 뭐니 뭐니 해도, 그의 부스러기가 발에 가장 자주 밟히는 곳은 『행복한 불행한 이에게』라는, 사실 어디에 내놓기 창피한 제목을 달고 있는, 솔출판사에서 간행된 1900~1924년 사이 카프카가 쓴 편지들. 그의 연인이었던 펠리체 바우어나 밀레나에게 쓴 편지들을 제외한(연인들에게 보낸 그의 편지를 읽다 보면 문득 하늘에 흩날리는 짜증의 빗방울들. 우산 없이 그의 찌질함을 이겨내려면 정말이지 고래심줄로 만든 우비가 필요하다) 주로 친구들에게 보낸 편지들이 들어 있는, 보석 같은 책. 그중의 몇 조각.

나는 끊임없이 결정을 한다오, 마치 권투선수처럼 자주, 다만 그러고
나서 권투를 하지 않지요.

그것은 물론 내 속의 바벨탑 가운데 다만 한 층 안에서 생긴 사건이
지. 바벨탑 안에서는 위와 아래에 놓인 것을 전혀 모른다네.

하긴 내 마음은, 또 당신의 마음은 얼마나 복잡한지. 가령 아래 피터
브뤼겔Pieter Bruegel의 그림 속 바벨탑의 세부들은, 당신 혹은 나의 마음처럼
얼마나 숭고해 보일지(마음을 표현하는데, 이보다 알맞은 형용사가 있을지.
쇼펜하우어Arthur Schopenhauer는 "숭고함의 정반대는 매력적인 것이다."라고 말했
으니). 아, 말도 주소도 마술도 통하지 않는 바벨탑 속 어딘가를 천천히
걸어다닐 수 있다면!
잠깐 곁들이는, 훅하고 얼굴 내미는 가브리엘 마르케스Gabriel Garcia Marquez
아저씨. 마음은 역시 방이 많은 건물로 비유해야 제 맛인가 보다.『콜레
라 시대의 사랑El Amor en los Tiempos del Cólera』에서.

사람의 마음속에는 창녀들이 우글거리는 싸구려 호텔보다 더 많은
방이 있어.

자, 다시 돌아오자, 카프카의 편지글들에서 어렵게 추린 부스러기 두
개 더!

피터 브뤼겔, 「바벨탑」(1563)

수공 기술이 예술을 필요로 하는 것보다 더 많이 예술이 수공 기술
을 필요로 한다는 것.

막, 마구 글을 쓰고 싶을 때마다(자주 있는 일은 아니지만) 다시 읽어보
게 되는 부스러기.

이 작품들에는 여전히 몇몇 부분들이 있어, 그것 때문에 나는 수만 명

의 충고자를 원했지. 하지만 다 그만 두었어, 자네와 나 이외에 누구도 필요하지 않아, 그것으로 만족해. 내가 옳다고 하게나!

그가 절친 막스 브로트^{Max Brod}에게 한 말. 하지만, 믿었던 친구 브로트는 카프카와 의견이 달랐다(고맙게도, 고맙게도, 고맙게도 그는 친구의 유고를 어둠 속으로 던져버리지 않았다). 하지만, 그의 임종을 지켰던 마지막 연인 도라 디아만트^{Dora Diamant}는 카프카의 유언-명령을 충실히 지켰다고. 불살라 버려, 불살라 버려! 그리하여, 정체불명의 유고遺稿들이 불살라진다, 내 상상 속에서.

그녀가 아직 살아 있다면 멱살이라도 한번 잡고 흔들며 분풀이라도 해볼 텐데.

음악 속의 부스러기, 부스러기 속의 음악

우선은 음악 속의 부스러기부터. 주로 영어로 된 노래에서 주운. 첫
번째 노래는 1990년대를 화려하게 열어젖힌 너바나^{Nirvana}의 『Nevermind』
중 열 번째 트랙 「Stay Away」에서.

> Monkey see, monkey do
>
> (I don't know why)
>
> Rather be dead than cool
>
> (I don't know why)

바로, 저기 rather be dead than cool, 쿨하느니 차라리 혀 깨물고 죽겠다
는 커트 코베인의 일갈이 1990년대의 내겐 참으로 맘에 들었더랬다. 지
금도 나는 'cool'이라는 형용사가 여전히 싫다. 나와 다른 혹성에 사는 외계
인들을 묘사할 때나 사용할 수 있을 것 같은 형용사. 날씨에나 갖다 붙이라

고 해라.

두 번째는 내게 있어서 음악계의 카프카 같은 존재인 핑크 플로이드 ^{Pink Floyd}의 1979년 더블 앨범 『The Wall』 중 「Mother」에서. 잔잔한 선율 위를 배회하는 더없이 시니컬한 가사.

> Momma's gonna make all of your nightmares come true.
>
> Momma's gonna put all of her fears into you.
>
> Momma's gonna keep you right here under her wing
>
> She won't let you fly, but she might let you sing.(그녀는 널 날지 못하게 할 거야, 그치만 노래는 부르게 해주지.)

역시 마지막 문장! 그렇다, 음악이든, 미술이든, 문학이든, 절대적인 (지나고 보면 자주 상대적이거나 하찮은 것일 수도 있는) 억압의 존재가 얼마나 좋은 거름이 되는지. 억압이란 거름으로 망가진(혹은 망가지기 직전의) 인간에게서 나온 작품들은 자주, 그걸 만든 인간에게는 참으로 미안한 얘기지만, 아름답다.

딱 하나만 더 하자. 최근에 꽂힌 노래. 제네시스^{Genesis}의 초기 앨범, 프로그레시브 록적인 냄새가 솔솔 풍기는 『Selling England by the Pound』의 「I know what I like」에서.

> Keep them mowing blades sharp…

I know what I like, and I like what I know

주변에 발 빠르고 셈 빠른 사람들이 이거 해라 저거 해라 충고하는데도 듣지 않고, 세상 대충 살면서 남의 정원에서 허드렛일이나 하면서 하루하루 살아가는 남자의 노래. 나는 내가 좋아하는 것들을 알고(니가 혹은 다수의 남들이 좋아하는 것이 아니라) 나는 내가 아는 것들을 좋아한다(알지 못하는 것, 갖지 못한 것들이 아니라)라는 멋진 가사. 제발 남들에게 와인 먹어라, 골프 쳐라, 주식 해라, 좋은 차 타라, 중국어 해라, 운동해라, 이딴 필요 없는 충고 하고 다니지 마라. 그럴 시간에 나는 피터 가브리엘Peter Gabriel의 I know what I like, and I like what I know나 듣겠다. 나두 니들한테 카프카 읽어라, 보드리야르 읽어라 하지 않을 테니, 좀 내버려 두자.

이렇게 끝내려니 아쉬워서 음악에 대한 부스러기 몇 조각들.

그러니 나는 새장 속에서는 노래를 하지 않기로 결심했다.
—셰익스피어William Shakespeare, 『헛소동Much Ado about Nothing』

자넨 아주 작은 음악가라네. 자두, 아니 풍뎅이만 할까.
—파스칼 키냐르Pascal Quignard, 『세상의 모든 아침Tous les Matins du Monde』

마무리—초심에 대하여

　이제 준비된 글은 다 마쳤다! 처음엔 대략 50개 정도의 글을 계획했다가, 조금씩 늘어 이 글까지 70편쯤의 짧은 글이 완성되었다. 주로 내가 읽었던 글 속의 부스러기와 그림들에 대한 글들이었다. 아마도, 최근 10년 동안 읽었던 글이나 보았던 그림이 거름이 되었을 글들. 연필로 쓰지 않은 글들. 대략 5개월 동안 이 글들을 쓰면서, 소설을 쓰지 못했다, 혹은 않았다. 소설을 쓰지 않을 핑계를 찾는 일은 얼마나 손쉬운지! 고작 이런 글들을 쓴다고 중요한 일은 못한다니! 이제 소설을 써야지, 또 다른 이유가 떠오르기 전에 얼른!

　마지막 글은 초심初心에 대한 글로, 혹은 나에 대한, 내가 쓸 글에 대한 다짐으로 마무리짓는 게 어떨까 한다. 우선은 영국의 화가 데이비드 호크니가 25살 때, 자신의 그림에 영감Inspiration을 주는 게 뭐냐는 질문에 했다는 말.

I paint what I like, when I like, and where I like with occasional nostalgic journeys.(나는 내가 좋아하는 것을 좋아하는 때에 좋아하는 곳에서 그린다, 가끔의 회상적인 여행과 함께 말이다.)

나 역시 내가 좋아하는 것을 내가 원할 때(남이 원할 때가 아니고), 내가 좋아하는 방식으로(그렇다, 나는 'where'에는 관심이 없다, 하지만 'how'는 중요하다) 계속 쓰고 싶다. 그렇다, 아래 문장이 내가 하고 싶은 짧은 고해성사, 동사는 단 두 개밖에 들어 있지 않은.

I write what I like, when I like, and in the way I like.

자, 다음은 내가 가장 좋아하는 호크니의 그림 중 하나, 그가 35살 즈음에 그린 그림. 아마도 햇빛이 넘치는 미국 서부 해안 어딘가에서 그렸을, 그의 성적인 취향을 알건 모르건 아름다운 그림: 「Portrait of an Artists」. 그러던 그가, 1980년(대략 43살 즈음에) 런던으로 돌아가서 아래와 같은 우스꽝스런 그림(「Harlequin」이란다)이나 그리며 이런 말을 늘어놓는다.

"Picasso didn't spend months on one picture. He was constantly open to new ideas and inspiration which he put into his paintings immediately. I came to London feeling that I must just work and work, paint and paint."
피카소는 한 그림을 그리는데 한 달씩이나 쓰지 않았다. 그는 늘 새

책 속의 그림. 데이비드 호크니, 「Portrait of an Artists」

그가 35살 즈음에 그린 그림. 아마도 햇빛이 넘치는 미국 서부 해안 어딘가에서 그렸을. 그의 성적인 취향을 알건 모르건 아름다운 그림.

아이디어와 영감에 열려 있었고, 당장에라도 새 그림에 뛰어 들었다. 나는 런던에 와서 내가 일하고 또 일하고, 그리고 또 그려야 한다는 걸 깨달았다.

피카소라니! Work and Work라니! 20대 중반에 그가 했던 말과는 얼마나 다른지! 그리고 그때부터, 아마도 그의 지갑은 두툼해졌겠지만, 최소한 내 눈에, 볼 민한 그림들이 사라진다. 바로 아래 그림이, 1980년에 런던으로 돌아와서 그가 그린 16장 그림 중의 하나라구. 아유, 창피해. 이런 그림에 사용되었을 물감에게도 나는 문득 미안해진다.

나는 work and work 하지 않겠다. write and write 하지 않겠다. 하루키처럼 새벽에 달리기하고 수영하고 글쓰지 않겠다. 정말로 쓰고 싶지 않으면 쓰지 않겠다. 쓸 만하다고 생각되는 것만, 쓰고 싶다는 생각이 넘칠 때만 쓰겠다.

카프카의 아포리즘에서 고른 문장 하나. 내 몇 안 되는 황금률과 같은 문장.

모든 인간적인 과오는 초조, 방법적인 것의 때이른 중단, 그럴 듯한 일을 그럴 듯하게 말뚝박아 넣는 것이다.

나는 그럴 듯한 일을 그럴 듯하게 말뚝박아넣지 않겠다.

최근에 본 만화책의 일부분에서 만난 반짝거리는, 혹은 내 다짐에

책 속의 그림. 데이비드 호크니, 「Harlequin」

All work and no play makes David dull painter.

매우 어울릴 대목. 가토 모토히로^{加藤元浩}의 추리만화 『Q.E.D. 증명종료^{證明終了}』에서 건진 부분.

> "자신이 누를 수 있는 스위치의 기쁨은 작고 사소하지만 자기가 원할 때 누를 수 있지. 하지만 타인이 누르는 행복의 스위치의 기쁨은 강렬하나. 쉬지 않고 눌러주기를 바라고 급기야 끊을 수 없게 되지. 눌러주지 않으면 불안과 불만이 샘솟고 자신감도 잃게 되고 점점 스위치를 누르기 위해서라면 무슨 짓이든 하겠다는 마음이 든단 말이다. 무대란 다른 사람이 스위치를 눌러주는 장소다. 거기서 웃길 수만 있다면 무슨 짓이든 하겠다는 생각이 들지. 자신의 전부를 팔아치워서라도 무조건 스위치를 누르게 하고 싶다. 문득 정신을 차려보면 소중한 것을 잃어버린 후인지도 몰라."
>
> "그…… 그럼 어떡하면 그렇게 되지 않을까요?"
>
> "구분해야지, 손님에게 내놓을 것과 내놓지 말아야 할 것을. 내놓아야 할 것은 재주다."

초심을 잃지 않는 것…… 내놓을 것과 내놓지 않아야 할 것을 구분할 줄 아는 것…… 그럴 듯한 것을 그럴 듯한 곳에 말뚝박지 않는 것…… 조급한 확신에 불붙어 work and work하지 않는 것…… 내가 좋아하는 것과 다수가 좋아하는 것을 구분하는 것…… 누구에게나 쉬운 일은 아닐 거다.

천상에 있는 친절한 지식의 중심지

1판 1쇄 발행 2020년 1월 30일

지은이 | 이치은
펴낸이 | 조영남
펴낸곳 | 알렙

출판등록 | 2009년 11월 19일 제313-2010-132호
주소 | 경기도 고양시 일산서구 중앙로1455 대우시티프라자 715

전자우편 | alephbook@naver.com
전화 | 031-913-2018
팩스 | 031-913-2019

ISBN 979-11-89333-21-8 03800